GENTOSHA OUTLAW BUNKO

令夫人

藍川京

幻冬舎アウトロー文庫

令夫人

目次

第一章　汚辱の再会　7
第二章　泥沼の恥戯　47
第三章　美少女蹂躙　86
第四章　密室の猥技　125
第五章　驚愕の遭遇　169
第六章　母娘の魔宴　201
第七章　相姦の地獄　227

第一章　汚辱の再会

1

急に雨が降りだした。友香《ゆか》が慌てている。着物のせいだ。

(ばっちりじゃないか。天も俺様に味方してくれるってわけだ)

不敵な笑みを浮かべた鹿島《かしま》は、友香のかたわらに車を近づけた。

「おい、ひょっとして友香じゃないか」

ベンツの運転席から身を乗り出すと、友香が、あっ、と声をあげた。

「上等の着物じゃないか。濡れるとまずいぞ。乗れよ。送ってやるから。ほら、急げよ」

助手席のドアを開けた昔の恋人の車に、友香は考えている暇もなく乗り込んだ。

下ろしたての加賀友禅《かがゆうぜん》の訪問着も、白っぽい紗《しゃ》の袋帯《ふくろおび》も高価なだけに、雨で濡らすわけにはいかない。雨コートを出しているわずかな時間も惜しかった。

近くの喫茶店にでも駆け込んで身繕いし、コーヒーでも飲んで帰ればよかったと思ったのは、車が走り出してからのことだった。

「ずいぶんいい女になったじゃないか。別人みたいだ。十二、三年ぶりか。まだあのころ、大学生だったもんな。俺よりひとつ下ってことは、三十三歳になったのか。変わるはずだ。やけに色っぽくなったな」

学生だった友香が、今では優雅な人妻となっている。

小さめの顔と理知的でやさしい弓形の眉。はっきりした二重の瞼《まぶた》に、濡れているような瞳。すっと通った鼻梁《びりょう》。上品な唇。その何もかもが、熟した大人の色香を漂わせている。

鹿島が偶然に友香を見かけたのは半月ほど前だ。それからこっそりと尾行し、豪邸に住んでいるのを確かめた。夫がウィスタリア製菓株式会社の代表取締役社長ということもわかった。

資産家の妻になった友香には、バブルがはじけて経営が行き詰まっている鹿島の婿《むこ》入り先の太平不動産に、多少の金を落としてもらうつもりだ。そのために機会をうかがっていた。

「ありがとう……助かったわ。近くの駅まで乗せていただけるかしら」

友香は着物をハンカチで軽く拭きながらそう言ったものの、落ち着かなくなった。

「まあ、そう慌てて降りることはないだろう？　昔の男と再会したんだ。つもる話もあるんじゃないか？　俺だってゆっくり話がしたい」

すでに鹿島は、郊外のラブホテルに向かうことを決めていた。

「困るわ……夫も子供もいるの。ね、またの機会ということで、きょうはここで降ろしてちょうだい」

友香はせっぱ詰まった声で言った。

「きょうはきょう、この次はこの次だ」

友香の焦りが伝わってくる。追いつめた獲物を久々に味わえると、鹿島の心ははずんでいた。

道が混んでいたため、一時間近くかかって、ようやく郊外のラブホテルに着いた。孤立した建物があり、その一戸ずつに車庫がついている。鹿島は三番目の建物の車庫に車を入れた。

「困るわ。こんなところ……早く出てちょうだい。車を出して」

眉間に皺《しわ》を寄せて焦っている友香は、やけに色っぽい。着物の胸元が喘《あえ》いでいる。Vの字になっている衿元が誘惑的だ。

友香より二十歳も年上という夫の藤野《ふじの》直樹《なおき》に、鹿島は嫉妬めいた苛立《いらだ》ちを覚えた。何かの雑誌に、菓子製作最前線とかいうちょっとした記事があり、社長の直樹の写真が載っていた。

そのときは、まさかその妻が友香だとは思いもしなかった。

「私、結婚しているの。困るの」

泣きそうな友香の顔に、鹿島はむらむらしてきた。

「帰りたいなら車を降りてひとりで帰りな。二、三十分歩けばタクシーが拾えるかもしれないぜ。絶対にとは言えないがな」

鹿島は煙草に火をつけた。

周辺には田畑が広がっているだけだ。簡単にタクシーを拾えるとは思えない。それに、こんなところを和服の女がひとりで歩いているのは不自然だ。たとえタクシーを拾っても、運転手に好奇の目で見られるだろう。焦り、戸惑うだけで、友香は車から降りることもできなかった。

やがて、煙草を揉み消した鹿島が車を降りた。助手席を開け、強引に友香を引っ張り出した。

「いや。やめて……」

ラブホテルの客や従業員が気になり、友香は大声で叫ぶこともできなかった。鹿島が過去の男だというだけで行動も鈍る。

「いつまでもじっとしてるわけにはいかないだろ。来い！」

車庫のすぐ脇のドアを開けた鹿島は、友香を部屋に引っ張り込んだ。

ようやく激しいあらがいをはじめた友香を、鹿島はベッドに押し倒した。

「あうっ！　いやっ！」

訪問着を着ているというだけで、ふだんつき合っている女達とは雰囲気がちがう。鹿島はますますそそられ、闘志がみなぎった。

汗ばんだ顔。ほつれてこめかみあたりにへばりついた髪。激しい息づかい。鹿島を押しのけようとするほっそりした手……。十数年ぶりの友香のすべてが鹿島を欲情させた。肉棒がズボンの内側で痛いほど反り返っている。

「お互いに独身に戻って、昔のように楽しもうぜ」

鹿島は唇を押しつけた。

「んくく……」

堅く唇を合わせた友香は、かぶりを振って鹿島のジャケットの胸を押しのけた。

舌を入れられないと知った鹿島は、顔を離し、唇を歪《ゆが》めて友香を見おろした。

「俺に抱かれるよりダンナの方がいいのか。五十過ぎとなると、ビンビンってわけにはいかないだろ」

夫の年齢のことなど言った覚えがないだけに、友香はハッとした。

「どうして夫のことを……」

「いつだったか、ウィスタリア製菓の社長の写真が雑誌に出てたぜ。二十歳も年上の男を騙《だま》して社長夫人になるとは、おまえもなかなかやり手じゃないか」

友香は結婚しているとは言ったが、その相手が誰かということは車中で一言もしゃべっていない。

偶然の再会とばかり思っていた友香は、ようやく、これは計画的だったのかもしれないと疑いを持った。

「訴えられたくないなら帰して。知り合いの弁護士は優秀なの。奥様やお子さんに顔向けできなくなると困るでしょう？」

強気なことを言っているようでいて、友香の言葉尻は震えていた。

「ここまで来ていながら笑わせるな。俺は帰りたきゃ、ひとりで帰れと言ったはずだ。車から降りなかったのはどこのどいつだ。ダンナの萎《しな》びたムスコじゃ物足りないんだろう？ビンビンのヤツで突いてほしいから残ったんじゃないのか？　優秀な弁護士だと？　笑わせるな。あとで俺に会わせろ。俺から詳しく説明してやるさ」

フンと鼻先で笑って裾をまくりあげると、桜色の友禅に合わせた淡い色の長襦袢《ながじゅばん》が現れた。

「いやっ！」

裾が乱れた友香は、それを元に戻そうとシーツの上でもがいた。そして、起き上がろうと背中を浮かせた。逃がしてなるものかと、鹿島はまた押し倒し、体重をかけて押さえ込んだ。邪魔な手を頭の上でひとつにし、もう一方の手で長襦袢をまくり上げた。それでも、長襦袢といっしょにずれ上がった湯文字が、まだしっかりと腰をおおっている。

守りの堅さに舌打ちしながら、鹿島は力いっぱい最後の布をまくり上げた。

「いやあ！」

秘園を風でなぶられ、友香は隠されていた秘所が剝《む》き出しになったことを知ってもがいた。

鹿島は余裕たっぷりに友香を見つめ、ニヤついている。友香は泣きそうな顔でイヤイヤをした。

「キスがいやなら、オ××コをいじられる方がいいんだろ？　人妻になって、どんなふうに悶《もだ》えるようになったんだ。えっ？」

太腿《ふともも》に手を這《は》わせた鹿島は、ほかほかした股間に手を伸ばした。その手が秘奥に向かおうとするのを拒むように、友香の尻がくねった。

とうに忘れていた過去の男の手は、友香の拒絶を楽しむように、絹のようにつるつるした肌を、わざとゆっくりと這い上がっていった。

「やめて！　ね、やめて」

火照《ほて》った顔をした友香は、相変わらず腰を右に左にとくねらせながら、頭の上でひとつになっている手を自由にしようと、汗をこぼしながらもがきつづけた。

華麗な絹の衣装につつまれた細い肩先がくねくねと動く。動くたびに、二の腕までまくれ上がった袖口から、今にも腋《わき》の下が覗きそうだ。ほの白い付け根は見えそうでいて見えないだけに、ノースリーブの女とは比べものにならないほど鹿島の欲情を煽《あお》った。

「あう！」

秘芯に届いた指に、友香の躰《からだ》が硬直した。

「フフ、腰巻きの下に野暮なものをつけてないとは、よほど着慣れてるのか、欲求不満の人妻なのか。えっ？ どっちだ、友香」

もわっとした柔肉のあわいを指で触れ、鹿島は唇をゆるめた。

息を飲み込む友香の内腿がひくりとした。

「やめて……」

膝《ひざ》を堅く合わせる友香の声はかすれていた。こうなってみると、なぜ車から降りなかったのかと悔やまれる。機会はあった。だが、そんな後悔など遅かった。

友香は寸分の隙間《すきま》もないほど太腿を堅く合わせた。けれど、恥毛の生えた秘密の部分は隙だらけだ。

鹿島は大淫唇の縁まで持っていった指を、花びらの狭間《はざま》に分け入れた。

「あう、だめ……」

鼻から荒い息をこぼしながら、友香は着物の胸元を激しく喘がせた。

すぐに女壺の入口を探しだした鹿島は、ゆっくりと二本の指を沈めていった。

眉間を寄せた友香が首を振り立てた。

膣襞が熱くぬかるんでいる。だが、潤っているというほどではない。鹿島は根元まで押し入れた指を第一関節まで引き出し、また押し込んだ。

「んん……」

友香は小鼻を膨らませて喘いだ。

「俺の指を思い出したか。バージンだったおまえを女にしてやった俺だ。最初の男を忘れるはずがないよな。そうだろ？」

秘壺のなかを搔きまわすと、友香は荒い息を吐きながらイヤイヤをした。

子供を産んだせいか秘壺がやわらかくなっている。かといって、ゆるくなったわけではなく、ねっとりと指をしめつけてくる。

「いい道具になったじゃないか」

搔きまわし、抜き差ししながら、鹿島は膣襞の隅々まで検査するように確かめていった。

少しずつ潤いが増してくる。

できるだけ声を出すまいとしている友香の顔が火照《ほて》っている。耐えようとしている顔は絶品だ。

そのうち、ヌチャヌチャと恥ずかしい蜜音がしてきた。貝のように閉じていた太腿に隙間ができた。それに気づいた友香が、また意識的に閉じる。だが、また開く。

その繰り返しだったが、指を挿入したまま親指で肉の豆を揉みしだきはじめると、すすり泣くような喘ぎに変わっていった。

「うん？　そんなにいいのか。昔もオマメには弱かったもんな。こんなにコリコリさせてスケべな奴だ。やけにでっかくなってるじゃないか。昔はもっと小さかったはずだぞ」

唇を小刻みに震わせながら快感に耐えている友香を見つめた鹿島は、押さえつけていた手を放し、一気に太腿の間に躰を移した。

白い両方の腿を両手で押し上げ、濡れ光っている女の器官をちらりと見やると、会陰から肉芽に向かってベッチョリと舐《な》め上げた。

「はああっ！」

尻肉がひくつきながら浮き上がった。

すかさずもういちど舐め上げ、花びらを交互にしゃぶった。次に、しこっている太った肉の豆を吸い上げた。

「くううっ！」

エクスタシーに飲み込まれた友香の総身が激しく打ち震えた。

ズボンをブリーフごと引き下ろした鹿島は、疼《うず》くほどいきり立っている剛棒を、痙攣《けいれん》のおさまっていないぬかるみに突き立てた。

「ヒイッ！」

喉をのけぞらせた友香は、剛棒を咥《くわ》え込んでキリキリと締め上げながら膣襞を痙攣させた。

（スゲェ、オ××コまですっかり変わってやがる……）

昔とちがう素晴らしい友香の肉襞の感触を味わいながら、鹿島は簡単に精をこぼすまいと歯を食いしばった。こんなにいい女になるのがわかっていたら手放すんじゃなかった、と勝手なことも考えた。

友香とつき合っていたとき太平不動産の社長令嬢とも知り合い、得をする方にさっさと乗り換えた。それが、結婚当初はよかったが、今では倒産寸前の状況だ。従業員もずいぶん減らした。それに比べ、友香は東京の一等地の豪華な邸宅でゆうゆうと暮らしている。

数回の友香のエクスタシーがおさまりかけたとき、鹿島はゆっくりと腰を動かしはじめた。ぼうと染まった友香の瞼は重そうだ。ひとつになったことで諦めたのか、抵抗の気配が失せた。

鹿島は深く肉棒を押し込んだところで上半身を倒し、着物の胸元に両手を入れた。そして、左右に大きく割った。乳房と肩先が剝き出しになった。

豊かに膨らんだ乳房もあのころとちがう。小さかった乳首がグミのように大きくなっている。だが、もともと色素が薄かっただけに、今もきれいな色をしている。しこった果実を口に入れ、舌先でもてあそび、軽く嚙《か》んだ。

「あああ、いや……はああっ……しないで」

あらがうことを諦めた言葉だけの拒絶が、友香の唇からかすれながら洩れた。夫を裏切った痛みが友香の心を突き刺していた。

（あなた……許して）

ツッと目尻からひとしずくの涙が伝い落ちていった。

「おう、随喜《ずいき》の涙か。そんなにいいか。ダンナの萎びたマラじゃ満足できないだろう。金はダンナ、セックスは俺にまかせな。ほらほら、どうだ、奥に突き当たると気持ちがいいだろ。ほら、ぶち当たってるぜ」

上半身を立てた鹿島は、二、三度弾みをつけてグイと腰を押しつけた。

「あうっ！」

内臓まで突き破るような肉棒の勢いに、友香は声をあげて眉間に深い皺を寄せた。

着物の胸元を割られて肩を晒《さら》した友香は妖艶で、きれいにまとめていた髪が乱れていくだけ、その艶《あで》やかさを増していった。

躰は二の次で、金目当てで近づいたつもりが、こうして躰を合わせてみると、とことん嬲《なぶ》ってやりたいという思いがふくらんでくる。

「なあ友香、俺とおまえは、昔より躰がなじむようになったみたいじゃないか。おまえの躰も脂が乗ってるし、俺も性急だったガキのころとはちがう。指も口もあのころよりずっと達者になった。これからも仲良くやろうぜ」

いやだと首を振る友香を鼻先で笑った鹿島は、剛直で女壺を掻きまわし、ラストスパートの抽送に入った。

2

何とか自分で髪を整えてホテルを出たものの、出かけたときとはちがう髪型を通いの手伝いに不審に思われないかと、友香は不安でいっぱいだった。

鹿島が携帯電話を持っているのを知り、途中でお手伝いに電話をかけ、帰宅が遅くなるかもしれないので、きょうは帰っていいと伝えた。その直後はホッとしたものの、まんいちまだ残っていたらと、玄関を開けるまでは気がかりでならなかった。

「あら、ママお帰りなさい。吾朗《ごろう》お兄ちゃんかと思ったわ」

春に中学に入学したばかりの娘の美緒《みお》が顔を出した。

娘に不倫の匂いを嗅ぎ取られてしまうのではないかと、腋の下にじっとりと汗が滲んだ。

「吾朗さん……？」

「やだァ。忘れてたの？　きょうは土曜よ。八時を過ぎてるのに、まだ来ないから」

「ママ、何だかきょうは忙しかったから……」

「ワンピースにすればよかったのに。お着物だから疲れるんじゃないの？」

予定より帰宅が遅くなったが、短大の友人達と会うことを話しておいたので怪しまれていない、わずかながらホッとした。

「電話がないから、お兄ちゃん、ちゃんと来てくれるはずなのに」

美緒は窓の外に目をやった。

吾朗は亡くなった先妻の子で二十四歳。美緒の腹違いの兄だ。大学を卒業し、父親の会社に入社したが、それと同時に家を出てしまった。

友香は継母の自分のせいだと思ったが、吾朗はつき合いで朝帰りも多くなりそうだし、気兼ねして帰ってきたくないなどと、いくつかの理由を述べた。週に一度は、美緒のたっての頼みで家庭教師にやってくるし、友香とも自然に話す。継母を嫌っているという感じはない。夫の直樹も、独り立ちする歳《とし》だからと、気にしているようすはない。

ドアホンが鳴った。

「お兄ちゃんだ！」

美緒がはしゃいだ声をあげた。

一時も早く鹿島の匂いのついている着物を脱いでしまいたいと思っていた友香は、ひと休みする間もなく、吾朗とも顔を合わせてしまった。

「出かけてたのか……」

吾朗は友香の匂うような着物姿に息を飲んだ。

十一歳のとき、友香が継母としてやってきた。そのときも美しい人だと思った。血の繋《つな》がりがないだけに、母親というより女という感覚しか持てなかった。「義母《かあ》さん」と呼びながら、母親に対する感情以外の気持ちを傾けてきた。吾朗のマスターベーションの道具は友香だけだった。

直樹とひとつベッドに休む友香を思うと狂おしく、我慢できずに家を出た。だが、会わずにはいられない。腹違いの妹の美緒から、家庭教師を頼まれたのは好都合だった。

「お兄ちゃん、遅かったのね」

「人と会ってたんだ。喉が渇いたな。勉強は、義母さんの淹《い》れるうまいコーヒーを飲んでからにするか」

危うく美しいガラス細工を思わせるような友香の近くに少しでも長くいたいと、吾朗はリビングのソファーに座った。

「私だってコーヒー淹れるの上手よ」

美緒はかわいく唇を尖らせた。吾朗とは同じ父親の血を受け継いだ異母兄妹だ。だが、美緒は吾朗に特別の感情を抱いていた。吾朗が家を出たいと言いだしたとき、美緒は毎晩ベッドに入ると泣いた。背のすらりとした美形の吾朗は、美緒の友達にも人気があった。羨《うらや》ましがられるたびに誇らしかった。その吾朗が別のマンションに住むというのだ。

野性的な吾朗は友人達とよく山中でサバイバルゲームを楽しんだ。空手と柔道の有段者でもあり、美緒は柔道の受け身を習ったり、痴漢に襲われたときはこうしろと、相手の力を使って倒す方法を教えられたりした。そんなときの吾朗の肌の匂いに頭がぼっとなり、いっそう思いが深まっていった。

「コーヒーなんて、ママが淹れても私が淹れてもおんなじはずよ」

「それが、微妙にちがうんだな。だけど、そんなに言うなら、美緒にうまいコーヒーを淹れてもらうか」

吾朗のひとことで、美緒はぱっと顔をほころばせ、ダイニングに消えた。

「パーティだったの？」

ふたりきりになれたことで、吾朗は本当に喉が渇いてきた。

「ええ……短大時代の人達と」

友香はつい目を伏せた。女性のひとりやふたりは知っていてもおかしくない歳の吾朗に、不倫の匂いを嗅ぎ取られているかもしれない不安があった。

愛する女の長い睫毛《まつげ》がふるふると揺れるさまを見て、吾朗は切なかった。十年以上も同じ屋根の下で暮らしながら、思いを打ち明けられなかった。そして、これからも不可能だろう。ウィスタリア製菓の社長としても父親としても完璧な直樹と敵対はできない。

最近は、友香を力ずくで自分のものにする妄想をしながら自慰にふけることが多くなった。

『だめ……私はあなたの母親なのよ……許して』

そう哀願する友香を押さえつけ、凌辱《りょうじょく》することを想像すると、肉棒は雄々しく立ち上がり、体中の血がたぎってくる。

「独り暮らしにも飽きてきたんじゃないの？　いつでも帰ってらっしゃいね。お父様だってそう思ってらっしゃるわ」

「会社でも毎日顔を合わせるんだ。離れてるぐらいがちょうどいいんだ」

「でも、吾朗さんは跡取りなのよ。いつかは会社を継ぐ人なんだし」

帰ってこいと言われるたびに、友香に疎《うと》まれてはいないとわかってホッとする。実の娘の美緒はかわいいだろうが、先妻の子は疎ましいのではないかと、ときどき被害妄想に駆られるのだ。

「まあ、そのうち、気が向いたら戻ってくるさ」

「今夜、泊まったら？　これから家庭教師してたら遅くなるでしょう？」

「美緒は頭がいいから、別に俺が教えることなんてないんだ。ほんの少し見てやればいい」

「でも、お父様もたまにはここでいっしょに呑みたいと思ってらっしゃるわ」

友香は、今夜は吾郎を泊めたかった。

父子がいっしょに酒でも呑めば、つい酒量が増え、直樹は呑み疲れて友香に触れることなく眠ってしまうだろう。友香は今夜だけは直樹に触られたくなかった。鹿島に抱かれた躰を愛されるのは辛《つら》い。

「わざわざここで呑まなくても、たまにはオヤジと外で呑むこともあるからいいさ」

「そんなこと言わないで泊まればいいのに」

コーヒーを運んできた美緒が、ふたりの会話を聞いていたのか、吾朗を引き留めにかかった。

「そうだな、ここは俺の家だし」

いつもより執拗な友香の引き留めが嬉しく、吾朗は美緒に頷《うなず》いた。

「わあ、よかった。じゃあ、明日は、朝ご飯もお昼もここで食べるでしょ？　夕食もここで食べる？　私ね、ちゃんときれいな目玉焼きが作れるようになったのよ。ずっと前、美緒の目玉焼き、こわれちゃったでしょ」

少なくとも朝までは吾朗が家にいると思うと、美緒はデートにこぎつけたような気がして心が弾んだ。

ブランデーをかたむける吾朗と直樹の横で、美緒はフルーツジュースを飲んだりチョコレートを食べたりしながらつき合っていた。

友香は三人を残し、最後に風呂に入った。

シャワーの水流で秘芯を洗った。それでも、鹿島の噴きこぼした精液が、女壺の奥に残っている気がした。鹿島は一度ではなく、短時間のうちに三度も射精したのだ。

『せっかく再会したんだ。また会おうぜ』

帰りしなに言った鹿島の言葉が耳元に残っている。

（二度と……二度と会うものですか……夫を裏切るようなことはできないわ）

友香は直樹との安らかな日々を壊したくなかった。

短大に通っているとき鹿島と出会った。仮面をかぶった鹿島は、両親の離婚で失意の日々を送っていた友香に優しい言葉で近づいた。

友香は処女だった。鹿島に抱かれたあとは、この人についていくほかはないと思った。だが、仮面を剝いだ鹿島は品性に欠けた獣のような男だった。別れたいと口にすると、ふたりの激しい営みを隠し撮りしたビデオを見せられ、他人に見せてもいいのかと脅された。

あるスナックで、週に三日アルバイトするようにもなった。遊ぶ金欲しさの鹿島の命令だった。そのスナックで、一見《いちげん》で入ってきた直樹と知り合った。

『きみはこんなところで働く人じゃないよ』

妻を亡くした直後の直樹はそう言った。

そのころ、鹿島は羽振りのいい太平不動産の取締役社長の娘の郁子《いくこ》とも知り合い、郁子を結婚相手にと狙いをつけた。ようやく友香は鹿島と別れることができたのだ。

やさしい直樹と、先妻が残していったひとり息子の吾朗の三人だけでも友香は幸せだった。すぐに美緒を身ごもってしまったが、それだけに、吾朗には気をつかってきた。けれど、不安など打ち消すほど吾朗はなついてくれた。十三年の幸せな日々を振り返った友香は、鹿島のような男にこの家庭を壊されてなるものですかと、唇を嚙んだ。

さほど濃くない茂みにふたたび花の香りのする石鹸をこすりつけ、泡だてた。男の匂いだけでなく、きょうの記憶も消えるようにと祈りながら、勢いよくシャワーの湯をかけた。

ネグリジェの上にガウンを羽織って出ると、まだ三人がリビングでくつろいでいる。

「やっぱり四人そろうとにぎやかね」

うしろめたさを抱えたまま、友香は直樹の横に座った。

「義母さんも呑んだら？」

髪を下ろした風呂上がりの友香には、着物のときとはひと味ちがう噎《む》せるような艶やかさがある。吾朗はのぼせそうになった。世界中探しても、こんなに美しく気品に満ちた女はいないはずだ。なぜ母親なんだと叫びたくなる。

「少しだけいただこうかしら」

友香は早く明日を迎えたかった。アルコールの力を借りれば、すぐに眠りにつけるだろう。だが、ほんのり酔ったものの、友香の思いどおりにはいかなかった。

吾朗を引き留めた理由も、寝室で夫に触れられないためだったというのに、寝室に入ると、直樹は友香を抱き寄せた。

「眠いわ……」

これまで拒んだことはなかったが、今夜だけは抱かれるわけにはいかない。友香は軽く直樹の胸を押した。

「リビングでぽっと頬を染めたおまえを見ていたら、いつになくむらむらしてきたんだ。さっさと寝室に引き上げたかったが」

吾朗と美緒がいるのでそうできなかった、というニュアンスだ。

「ついつい呑みすぎてしまったの……とっても眠いの」

「じゃあ、眠ればいいじゃないか。おまえはじっとしていればいいんだ」

直樹はネグリジェの上から乳房をつかむと、掌におさまりきらない膨らみを揉みしだきはじめた。

戸惑った友香の顔が、アンティックなスタンドの光に照らされた。

直樹は友香の感じやすい耳たぶに唇をつけた。

「あう」

友香はイヤイヤをしながら耳を手で隠した。すると、直樹は白い首筋をねっとりと舐めまわしはじめた。

「ああ、いや……きょうはいや。ね、あなた」

胸を押して拒もうとする友香に、直樹はなおさらその気になった。

五十三歳とはいえ、まだまだ元気だ。友香は日に日に熟れてくるし、こんなに早くから枯れるわけにはいかない。

知り合ったとき、友香は処女ではなかったが、まだひとりしか男を知らないと告白した。性情報の氾濫した現代にあって、二十歳の処女を求める方が無理というものだ。それに、子供までいる直樹を知りながら、わずか二十歳で妻になってくれたのだ。感謝するしかない。文句のつけようがない貞淑で素晴らしい妻だ。

直樹はあちこちに唇をつけながら、ネグリジェを剝いでいった。ネグリジェの下に、友香はショーツだけつける。けっしてがっかりすることのない高価なインナーだ。

サイドテーブルにネグリジェを投げやった直樹に、友香は激しいあらがいを見せた。友香のようすがいつもとちがうのは、アルコールのせいだと直樹は思った。

布団を剝ぐと、友香の豊満な臀部は、縁に刺繡《ししゅう》を施されたワインレッドのシルクのショーツに包まれていた。はじめて見るショーツだ。

誘惑的な色のインナーを見た直樹は、友香がそんな色を選んだのは、抱いて欲しかったからだと思った。いつになく拒んでいるのは、男を誘うために、わざとそうしているのかもしれないとも思った。

グイと抱き寄せ、唇を塞いだ。

「んくく……く……」

友香は唇を閉じ、首を左右に振り、直樹から逃れようとした。今夜は抱かれることはないと思っていた。だから、簞笥《たんす》の奥にあった派手なショーツをつけてしまったのだ。決して見られることはないと思っていた。未使用なので処分するには惜しいと、数年間、そのましまっていたものだ。

直樹の片手が背中を引き寄せ、もう一方の手がショーツのなかに入り込んだ。

「くううう……」

友香は腰を振った。全身が火照って汗が噴き出した。

(しないで……お願い……今夜だけはしないで……ほかの人に抱かれてきたの……だから、お願い)

唇を塞がれたまま、友香は心のなかで繰り返した。

(しないで……しないで……このまま眠らせて……あなた)

直樹の指が合わせ目をめくり、花びらの縁をたどって秘壺のなかに入り込んだ。

「あう……」

尻をヒクッとさせた友香は、直樹の力にはかなわないと知り、ふいにしゃくりあげた。

鹿島に抱かれて半日もたっていない躰を夫に愛されるのかと思うと、罪悪感や哀しみでいっぱいになる。何食わぬ顔をして、直樹だけではなく、美緒や吾朗と接していた自分を思うと、それもたまらなく苦しくなった。

「友香……どうした」

思いがけずに泣きだした妻に、直樹は女壺の指の動きをとめた。

「しないで……きょうはしないで」

すすり泣きながら友香は直樹に訴えた。

めったに泣き顔など見せない友香だけに、スタンドの淡い光に照らされた顔は、無力な小動物のようだ。それでいて、なんとも妖しい女っぽさがある。直樹の肉根が、ヒクリとさらに鎌首をもたげた。

「吾朗か……そうだろう？　気になるのか？　あいつがいたときも、いつもこうしてたじゃないか。二階に聞こえはしないんだ。子供みたいに泣くことはないだろう？」

友香が泣きだしたときは驚いたが、きょうはいやだと繰り返すのを聞き、泊まっている吾朗を気にしているからだと、直樹は勝手に考えた。すると、思わず笑みが浮かんだ。

二十歳年下の愛らしい妻の瞼に口づけ、ショーツを引き下ろした。

「いや……いやいや」

すすり泣きながら友香があらがった。抵抗されるほど、男は獲物を蹂躙したくなる。直樹は友香の腕を押さえ、足指でショーツを下ろし、踝《くるぶし》から抜き取った。

「しないで。いや」

押さえこまれて総身でイヤイヤをしながら涙をこぼす友香に、直樹は新鮮さを覚えた。

「いつまでも泣いてると、朝まで寝かせないぞ」

他愛ないことで友香が泣いていると思っているだけに、直樹は同情などせず、むしろ、弾んだ気持ちでオスの本能のままに行動した。

乳房を思うぞんぶん舐め、吸い上げ、下半身に頭を移して、太腿を押し上げた。

「いやっ！」

クンニリングスだけは避けなければならない。友香はいつになく大きな声をあげて拒んだ。

だが、太腿をつかんでいる直樹は、すぐに秘園に舌を這わせてきた。

「ああああっ！　いやっ！　しないでっ！」

ずり上がりながら友香は脚を閉じようともがいた。

(私は悪い女なの……やめて……あなた)

友香が躍起になってあらがうだけ、直樹は熱心に女芯を舐めまわした。ピチョピチョと破廉恥な音がした。

夫婦の寝室のドアの外で、吾朗は勃起した肉棒だけでなく、せつなく胸を疼かせていた。

友香のあまりの美しさに、横になっても眠れそうになく、すぐに起き出して階下に降りてきた。

ドアに耳を当てると、最初は小さな声がした。ただの会話と思っていた。それが徐々にそうではないとわかってきた。そして、友香のひときわ大きな声がして、またそれが小さくなった。

どんなふうに直樹に抱かれているのかを想像すると熱くなる。そして、狂おしくなる。父親への嫉妬の炎がメラメラと燃えてくる。

（チクショウ！　やめろっ！　オヤジ、やめろっ！）

ドアを開けてふたりを引き離したい衝動に駆られる。息が苦しくなった。これ以上立っていると、本当にドアを開けてしまいそうだ。

吾朗は二階に戻った。泊まってしまったことをひどく後悔した。

3

「奥さんですか」

「はい、どなた？」

電話の声に聞き覚えはない。セールスかもしれない。

「興信所のものですが」

「えっ……?」

「鹿島一生《かずお》さん、ご存知ですね」

友香の全身がたちまち凍った。

「ご存知なんですね」

「十年以上昔の知り合いに……そんな名前の人がいたような」

唇が乾いた。

「ほう、十年以上前、ですか」

相手は皮肉るようにゆっくりと言った。

「嘘をついちゃいけませんよ、奥さん。私は鹿島さんの奥さんに、夫の浮気調査をしてくれと頼まれましてね。かれこれ一週間、ずっと鹿島さんをつけていたんです。そしたら、奥さんが現れましてね。あとは言わなくてもおわかりでしょう」

友香は喉を鳴らした。一昨日のことだ。だが、妻が浮気調査を頼んでいたとなると、鹿島の相手は別の女性だとしか思えない。

「おふたりがドライブしている写真だけじゃなくて、郊外のホテルに入るところも出るところも写真に撮ってあります。証拠写真があるんです。どうしますか」

証拠写真と聞き、目の前が真っ暗になった。

「写真を依頼主に渡せば、鹿島一家はもめますよ。太平不動産社長の娘さんですからね。離婚になったら、鹿島氏はベンツに乗って奥さんと遊び歩くってわけにはいかなくなるでしょうよ。それどころか、奥さんは慰謝料を請求され、ご主人に知られてしまうでしょうから、お宅もゴタゴタになりますよ」

電話を伝ってくる言葉のひとつひとつが、友香を奈落の底に引きずり下ろしていった。

「そこでですが、奥さん」

見えない友香の顔をうかがっているかのように、相手はいったん言葉を切った。

「私はふた家族がゴタゴタになるのは避けた方がいいと思ってるんですよ。依頼主には浮気の事実がないと言えば、すべて丸くおさまるわけです。そうでしょう？」

奈落の底に沈んでいた友香の頭上に、ポッと明かりがともった。

「そうしてください。私、浮気なんかしていません。あのときは十何年ぶりに声をかけられて、それでむりやりあんなところに連れ込まれて……でも……お話ししただけで何もしておりませんから」

これで平和が戻ると、友香はホッとした。

「それでおしまいですか、奥さん」

「えっ?」

「何かほかに言うことはないんですか」

「あ……どうもありがとうございます。ほんとに助かりました」

「奥さんはお嬢さんですねェ。浮気調査は私の仕事なんですよ。依頼主から大金をもらって仕事をしているんですよ」

金を請求されているのだと知り、友香はまた汗ばんだ。

「おいくらお払いすれば……」

「依頼主は、ご主人には浮気の事実がなかったと報告されても、簡単には納得しないでしょう。半額返すことになるかもしれません」

興信所のシステムなど知らない友香は、相手の言葉をすぐに鵜呑みにした。

「では、その半額をお支払いします。おいくらお払いすればよろしいんですか」

「何だか脅して金を請求しているように思われると困りますから、会ってからということにしましょう。納得していただいたら払ってもらいます。納得できないなら断ってください。奥さんに訴えられて犯罪者になるのはイヤですからね。写真のネガなども、渡さなくてはなりませんし、明日どうです」

　男は新宿の高層ホテルの喫茶店を指定した。

　鹿島とのホテルの出入りを写真に撮った男と会うことで、友香は落ち着かなかった。いくら渡せばいいか、かいもく見当がつかないが、五十万円ほど用意してきた。コトが丸くおさまるのなら、決して高い金額ではない。

　喫茶店のボーイが、女のひとり客だけに何かを尋ね歩いている。

「藤野様でいらっしゃいますか」

「えっ？　はい……」

「お電話が入っております。入口右手の電話ボックスまでどうぞ」

　ほかに同姓の客がいるのではないかと思ったが、ボーイがさっさと立ち去ったので、友香は電話口に出た。

「奥さんですね」

　昨日の男の声がした。

「そこで写真を広げているところを、まんいち知り合いに見られたりすると困るでしょう？　二五〇×号室で待ってます。すぐに来てください。そうだ、私、神林《かんばやし》といいます」

　電話はすぐに切れた。

喫茶店ではほかの客の視線が気になると思っていただけに、友香は部屋に呼び出されたことを疑いもせず、かえってホッとした。

だが、個室に出入りしているところを人に見られては困ると、エレベーターが二十五階に止まったとき、あたりをうかがいながら部屋に向かった。

ノックすると、すぐにドアが開いた。

「どうぞ」

小太りの四十半ばの神林は、百五十八、九センチの友香の身長より、数センチ高いくらいだ。額が広く、眉が濃い。

友香を見る目と唇に、どこかしら狡猾《こうかつ》な色がにじんでいる。

ベージュ色のシンプルなスーツに、縁が波状にカットされた白いシルクのブラウス。友香はできるだけ目立たないような服装を選んでいた。髪も精いっぱい低い位置に小さくひとつにまとめていた。

けれど、神林の目には上質のスーツだということが一目でわかったし、余計なおしゃれをしていないだけ、かえって友香の美しさは際だっていた。

「そんなところにつっ立ってないで、こちらへどうぞ」

広めのダブルの部屋だと知り、友香はベッドから顔をそむけた。

「おいくらお払いすればよろしいですか。私、時間がありませんから、写真をいただいたらすぐにおいとまします」

「金は依頼主から全額もらうことにしました。奥さんからはいただかなくてもよくなりました。ご安心を」

「でも……それでは……」

「ほう、よくわかってらっしゃるじゃありませんか。どうせ、浮気相手はあの男だけじゃないんでしょう？　ここまで来てくれたということは、もちろん、抱かれてもいいってことですよね」

言い終わると同時に、神林は友香の腰をすくうようにサッと引き寄せ、ベッドに押し倒した。

「あう！」

バッグが床に落ちた。やめて、と言おうとしたときには、すでに唇を塞がれていた。

一昨日の鹿島とのことも今の時間も、悪夢としか言いようがない。何かが狂いはじめている。友香は必死に神林を押しのけようとした。

縫い合わせたように唇をしっかりと閉じている友香に唇を押しつけたまま、神林はスカートに手を入れた。

「うぐぐぐ……」

腰を動かしながら破廉恥な手を払おうとする友香のあらがいに、神林は逃してなるものかと発憤した。

こんなにいい女にはめったにお目にかかれない。美形なだけでなく、いかにも上流婦人といった知的で上品な雰囲気を持っている。金があることを鼻にかけてもいない。洋花にたとえるなら白い蘭か白薔薇というところか。

ショーツに手が届いたとき、首を振り立てた友香から、神林の唇が離れた。

「いやっ！」

友香の叫びに、神林は慌てて手で口を塞いだ。

「不倫の証拠写真は持ってきましたがね、フィルムは持ってきていないんですよ。これからいくらでも焼けるんです。今からフィルムを依頼人に渡してもいいんですよ」

神林を押しのけようとしていた友香の総身の力が、その言葉でたちまち萎《な》えた。

ニヤリとした神林は、押さえていた手を口から離した。

「鹿島夫人は嫉妬深くて、なかなかきつい人ですよ。奥さんと自分の夫ができていたと知ったら、何をするかわかりません。ご主人に知らせるだけじゃなく、ことのしだいを書いた紙を近所中にベタベタと張り歩くかもしれないような女です。浮気調査を頼む男性や女性には、そういう性格の人が多いんですよ。浮気相手がウィスタリア製菓の社長夫人となると、なおさら鹿島夫人は黙っちゃいませんよ」

「不倫なんて……本当にちがうんです」

胸を喘がせる友香は、むりやり犯されたのだと言いたかった。

「全部この目で見てたんですよ。スナップ写真を見てください。鹿島氏がドアを開けると、奥さんは自分で車に乗り込んだ。車は一時間近くも走った。信号待ちで止まったときも奥さんは降りなかった。ホテルに着いたときも逃げなかった。一時間と二十分ほどで部屋から出て、いっしょに車で帰っていった。まちがいないでしょう？　もうむだなおしゃべりはやめようじゃありませんか。奥さんだって子供じゃないんだ。おとなしく服を脱いでもらいましょうか」

身動きのとれなくなった友香は言葉をなくし、仰向けになったまま、ただ荒い息を吐いていた。

抵抗をやめた友香の服を、神林は楽しむように剝ぎ取っていった。友香は堅く目を閉じ、眉間に皺を寄せた。唇が震えた。

上等のスーツとブラウスの下から、光沢のある真っ白いスリップが現れた。ドイツかフランスあたりの高級なランジェリーだと、女遊びに長《た》けている神林はレースの縁どりを見て思った。

スリップを剝ぐと、三点セットとわかる揃いのブラジャーとショーツだ。脚はパンティストッキングではなく、鼠蹊部《そけいぶ》よりやや下までのガーターストッキングだ。

ぴったりとフィットしたブラジャーは豊かな乳房を品よく包んでいる。背中に手をまわしてホックをはずすと、大きな膨らみがプルンと揺れてまろび出た。

「いや……」

目を開けた友香は、両手で乳房を隠した。

「どんなふうに躰を磨いてるんです？　高級なシルクの下着より、奥さんの肌の方がよっぽどつるつるしてますよ」

両手をつかんで左右の肩の横に押しつけ、ふっくらした餅のような乳房にむしゃぶりついた。

「くうっ！」

乳首の周囲を舐めまわしたあと、乳首を舌先でつついたり吸い上げたりする神林に、友香は首を振り立てた。強制的に好きでもない男に愛撫されているというのに、乳首の先から秘芯に向かって脈打つような妖しい感覚が広がっていく。

すぐに乳首はコリコリとしこった。神林は舌先で果実を転がしてもてあそんだ。

「あああ……いや……あああ」

首をのけぞらせて振り立てる友香は、抱かれることを半ば諦めているためか、隣室を気にして声を抑えている。そのくぐもった声の色っぽさに、神林の肉根はクイクイと反応した。ゆかしい女の声というものは、もっともっととねだったり、イクイクと口走る女達より、よほどそそる。肉棒が疼いてくる。

乳房から顔を離した神林は、堅くなっている淡くきれいな乳首を指の間に挟み、締めつけたりゆるめたり、細かく左右に震わせたりした。

「ああう……んんん……はああ……あああ」

小粒の白い歯を、薄い紅を塗った唇のあわいからのぞかせる友香は、たまらないといった目をして鼻から熱い息をこぼしている。

感じているが、感じてはいけないのだと思って耐えているような表情が、なんともいえず美しい。神林の嗜虐の血をギラギラと燃え立たせた。

透けるように白かった友香の頬は赤みを帯び、額や首筋にうっすらと汗が滲みだしている。

執拗に片方の乳首だけを責める神林に、友香はいつしかすすり泣くような喘ぎを洩らしはじめた。

冷静に自分を見おろしている、きょうはじめて会ったばかりの男の視線が痛い。友香はその視線を避けるように目を閉じた。だが、じっと閉じていることができず、また目を開けてしまう。

神林はなぜ乳首だけにしか触れないのか。徐々に耐えがたくなってくる疼きに、友香は喘ぎ声をあげながら、腰をクネクネと動かした。じっとしているつもりでも、秘壺の奥がジンジンと疼き、それを癒すには腰を振るしかない。

「はあああっ……いや……もういや……あああ……んんんっ」

頭が朦朧《もうろう》としてきた。

(そこだけしないで！　そこだけはいやっ！)

そんな言葉を思わず口にしそうになり、慌てて首を振った。

全身が熱い。熱くてたまらない。拳《こぶし》を握り、足指に力を入れてキュッとすぼめた。

たった一点だけを責められ、感じすぎてトロトロと蜜を噴きこぼしている友香がわかる。

その秘園を想像し、神林は早くそこを見てみたいものだとほくそえんだ。だが、友香の口から出るひとことを待っている。それを聞くまで、お互いに次の楽しみはおあずけだ。

乳首の下で心臓がドクドクと激しい音をたてている。総身のくねりが大きくなっている。

腰が淫《みだ》らにくねって、欲しい、と言っている。

「んんっ……いや……ああっ、やめて……そこだけは……そこだけはいやっ」

ついに我慢できず、友香ははじめて会った男に、別の行為を求めていた。

「ふふ、ココを触ってほしいんですか」

乳首を責めていた指で、今度はシルクのショーツごしに秘裂をなぞった。

「はあああっ」

最初は堅く閉じていた膝も、今では拳が入るほど軽く開いている。神林を完全に拒んでいた躰から力が抜け、むしろ、受け入れる態勢をつくりはじめている。

湿った布切れを引き下ろすとき、友香は躰を堅くして泣きそうな顔をした。だが、何としても守ろうというそぶりは見られなくなった。

神林は中途まで下ろしたショーツを引き下ろし、踝から抜き取った。

あまり濃くない翳《かげ》りが、底の広い逆二等辺三角形に生えている。形がいい。撫でまわし、堅さを調べた。柔らかいほうだ。汗でねっとりしている。

割れ目をスッと指で辿ると、尻肉がヒクリとした。割れ目に指をねじ込むと、熱いヌルヌルでいっぱいだ。

「こんなに濡れて、顔に似合わずスケベな奥さんですね。オ××コがしたくてウズウズしてるんでしょう」

「いやっ！」

ニヤリとしながら言った神林の破廉恥な言葉に、友香は我に返った。夢から覚めたように、太腿をキュッと閉じ、胸を押した。

「やめてっ！」

「オシッコを洩らしたように濡れているくせに、いまさらやめてですか。笑わせないでくださいよ」

上半身に体重をかけて友香を押さえ込んでおき、神林は片手でズボンとブリーフを脱ぎ捨てた。

総身をくねらせ、神林から逃れようとしている友香の怯《おび》えた顔を見つめていると、ますます人妻の躰がうまそうに見えてくる。

剛棒を秘裂のあわいに押しつけた。潤滑油はたっぷりだ。一気に腰を沈めた。

「ああっ！」

友香の秘芯に肉杭が、心には絶望が深々と打ち込まれた。

第二章　泥沼の恥戯

1

　庭でぼんやりと花を見つめていた友香《ゆか》のもとに、通いのお手伝いの文子《あやこ》が小走りに駆けてきた。友香よりひとつ年下だ。十八歳で子供を産み、やがて離婚し、女手ひとつで子供を育ててきた。十四歳になる娘とふたり暮らしだ。

「奥様、鹿島《かしま》さんという方をご存知ですか」

　友香は内心の動揺を押し隠し、えっ、と聞き返した。

「別荘の件でお話があるとか。セールスだと思ってお断りしたら、奥様には近々来ると言ってあったとおっしゃって。何でも、昔の知り合いだからとか。それで、奥様にお尋ねしてからと思いまして。本当にお知り合いですか？」

　鹿島が来ていると思うと、目の前が暗くなる。二度と会いたくない。だが、断ってもすんなりと帰っていくはずもない。

「ああ、そういえば、道でばったり会ったんだったわ……不動産関係の人なの。会わないわけにはいかないわね」

文子におかしなことを言われてはと、友香は自分で門を開けた。

「困るわ……ここには来ないで」

家庭の崩壊……。友香は不安になりながら、疫病神を見つめた。神林に抱かれる羽目になったのも、鹿島と再会したのが発端だ。

「門前払いじゃないだろ？　コーヒーの一杯ぐらいご馳走してくれよ」

「お手伝いさんの前で変なことを言われると困るの」

「ガキじゃあるまいし、そのくらいわかってるさ」

先週とちがい、友香はブラウスとスカートのラフな服装だ。軽いウェーブのかかったセミロングの髪をねばっこい視線で見つめた鹿島は、さっさと玄関に向かって歩きだした。

「ほう、大理石のアプローチか。さすがにウィスタリア製菓の社長宅だけあって豪勢なもんだ。ここでこれだけの土地と建物じゃ、何億になるかな。ま、仕事柄、だいたいの見当はつくが」

鹿島はきょろきょろと周囲を見まわしながら進んだ。

広いリビングに通された鹿島は、一枚のパンフレットを大理石のテーブルに乗せた。

「いやあ、想像以上に立派なお屋敷だ。こないだの偶然に感謝しなくちゃな。不動産屋としちゃ、目の保養になる。実は、別荘でいいのがあって、宮田《みやた》さん……おっと、失礼、今は藤《ふじ》野《の》さんだった。ぜひ、見るだけでも見てほしいと思って寄ってみたんだ。すでにいくつも別荘は持ってるだろうけど、見るのはタダだから、そのうちご主人といっしょに覗いてみたらどうかと思ってね」

ご主人という言葉を聞くと、友香はうしろめたくてならなかった。

「あの、お飲物は何がよろしいでしょうか」

文子が横から愛想よく尋ねた。

「申し訳ない。じゃあ、コーヒーを」

文子がリビングに消えると、友香は肩で息をした。

「お願い。もうここには来ないで」

「じゃあ、どこで会う？」

「私には夫も子供もいるの」

「だから？」

「だからって、わかるでしょう？　お会いできないのよ」

「こないだだってホテルにしけこんだんだ。それで、今も何事もなく暮らしてるってことは、これからも会えるってことじゃないか」

ふいに神林《かんばやし》の顔が浮かび、友香は思わず、あっ、と声をあげた。神林は今も鹿島をつけているのではないだろうか。ここに入る鹿島を写され、こないだの写真といっしょに直樹《なおき》に見せられては言い訳もできない。それは、鹿島の妻に対しても同じことだ。

「どうした」

呆然《ぼうぜん》としている友香に、鹿島が怪訝《けげん》な顔をした。

「誰か、あなたをつけていたんじゃないの……？」

「誰かって誰だ」

「あなたはある人に……興信所を使って調べられているのよ。私達がこないだあそこに行ったとき……写真を撮られてしまったの」

妻と言ってしまえば鹿島の家庭で荒波が立つかと、友香はそんな言い方をした。鹿島の顔色が変わるものと思った。二度と鹿島は自分に近づかないだろうとも思った。だが、鹿島は唇をゆるめた。

「ふん、そんな子供騙しで俺がビビるとでも思ってるのか。それより、聞かれるとまずい話があるから、お手伝いをこれから三十分屋敷から出せ。出せないなら本当のことをしゃべっちまうぜ」

「本当に興信所が……」

そのとき、足音がした。友香は唇を閉じた。

「奥様はいつもアメリカンなので、ついお客様の分もアメリカンでお淹れしてしまいましたが、よろしかったでしょうか」

文子が申し訳なさそうに尋ねた。

「ああ、アメリカンの方がいい」

「文子さん、今、こちらの方と『ブーケ』の話をしていたの……この方、見かけによらず、昔からケーキがお好きなの。せっかくいらっしゃったから、ブーケのケーキを買ってきてもらいたいの。あそこのケーキのお味はほかとちがうもの」

「ええ、ブーケのケーキはひと味ちがいます。でも、戻ってくるまでに三十分はかかりますけど。タクシーで行けばすぐでしょうけど、わざわざタクシーというのも……でも、お急ぎでしたら」

「いや、うまいものが食えるなら、三十分なんて待つうちには入らないさ」

「きょうはお天気もいいし、散歩がてら行ってきてもらえるかしら。急がなくてもいいわ。お話し好きな方だから、ずっとおしゃべりしてらっしゃるわ」

「では、行って参ります」

何も疑っていない文子は、すぐに屋敷から出て行った。

「なかなか芝居がうまいじゃないか。そうやって、ダンナをさんざん騙してきたんじゃないのか？」

席を立った鹿島は友香の横に移り、顎《あご》を摑んで自分の方にねじ向けると、唇を塞いだ。

「くっ！　いやっ！」

もがいた拍子に、友香はソファーから落ちそうになった。

「おとなしくしてないと、お手伝いが戻ってきちまうぜ。仲良くやってるところを見られてもいいのか。三十分しかやれないんだぞ。おまえは身繕いがあるだろうから、十五分か二十分で済ませちまわないと困るだろ」

ソファーに押し倒し、躰《からだ》で押さえ込んでスカートに手を入れた。

「やめてっ！」

友香は鹿島の手を払おうとした。

ふたりきりになりたくはなかった。けれど、先日のことを文子にしゃべられたりしては困る。芝居をするしかなかったが、あとは鹿島の思う壺だ。

スカートに入り込んだ手は、パンティストッキングごと、つるつるした手触りのショーツを膝近くまでずり下ろした。

すぐに指は翳りを探り、その下の柔肉のあわいに滑り下り、花びらをまさぐった。

「あう、やめてっ。お願い」

「じっとしてりゃ、すぐに終わらせてやる」

「いやっ！」

二度と抱かれるわけにはいかない。友香は大きく腰をくねらせながら、鹿島の胸を押しながら抵抗した。

「あう！」

まだ濡れていない秘壺に、指がむりやりねじ込まれていった。

「ふふ、オ××コが指を吸い込みやがった。欲しい欲しいとヒダヒダが蠢《うごめ》いてるぜ」

まだほとんど潤いのない膣襞を鹿島は強引に掻きまわした。

「あうう……しな……い……で」

やがて猥褻な一本の指は抜き取られたが、あっというまに二本の指が入り込んだ。膣襞を広げるように周囲にそって大きく円を描き、奥に向かって押し込まれた。また少し引き出され、肉襞をなぞりはじめた。秘芯を拡大するようにゆっくりと何周かした指は、ふたたびグイと子宮に向かって深く押し込まれた。

「くうううっ」

たちまち汗ばんできた友香の声が、喜悦をこらえる口調に変わった。蜜壺は潤みはじめ、すぐに指の抽送が楽になった。グチュッと破廉恥な音さえするようになった。

喉の奥からほとばしりそうな声を、友香は必死にこらえていた。尻を動かし、猥褻な指から逃れようとした。かぶさっている鹿島の躰を押しやろうとすることも忘れなかった。

だが、友香が必死になってあらがおうとするだけ、鹿島はにやけた顔をした。

友香は鼻と口から荒く熱い息をこぼしながら、尻を振った。

「くっ……やめて……娘が……あうっ……娘が戻ってくるわ」

薄いピンクのルージュを塗った唇は、震えながらそう言った。

しかし、蜜液が溢れているのは確かだ。動く指を放すまいとするように肉襞が絡みつき、締めつけてくるのも事実だ。

「中学生の娘に、こんなところを見せてやるのも性教育のひとつだ。俺が何をやっているところか説明してやるぜ」

鹿島は動じなかった。だが、悠長にやっている時間はない。友香の躰に覆いかぶさったまま、ズボンのジッパーを下ろした。

反り返ったペニスを出し、側面を握りしめて亀頭の先で翳りを搔きわけ、熱く湿っているくぼみに亀頭を押し当てた。

グイと腰に体重をかけると、湿地帯にズボッと剛直が沈んでいった。

友香が短い声をあげた。顔も首も、ブラウスから覗いている胸の一部も汗でびっしょりだ。肉棒で突き刺されてしまった友香は、鹿島の胸を押すのをやめた。唇を震わせ、眉間に皺を寄せ、泣くのをこらえるように目を閉じた。

上体を起こした鹿島は、両手でブラウスごしに乳房をつかんだ。やわらかいブラジャーをつけている。上質のインナーだろう。だが、それを見ている余裕はない。お手伝いに現場を見られてしまっては、あとの計画がやりにくくなる。

妖しく快適な女壺を肉根でえぐり、こねまわし、激しく突いた。

「あうっ！　あくっ！　んんっ！」

いくら声を出すまいとしても、鹿島の勢いづいた抽送のたびに、自然に喉から声が絞り出されてしまう。友香は口を開け、顔をのけぞらせた。

レザーのソファーが揺れ、きしみ、ずれていった。

「そろそろイケよ。時間だぜ」

つかのま腰の動きをとめた鹿島は、充血しているとわかる肉芽を、グリグリと揉みしだいた。

絶頂を極めた友香がのけぞった。膣襞が痙攣した。心地よい収縮に肉茎を預けた鹿島は、痙攣がおさまりかけたとき、ラストスパートに入った。

「んんん……くううっ！」

「い、いやっ！　ああっ！」

ふたたびエクスタシーに襲われた友香は、前以上に激しい痙攣を繰り返した。いつしか鹿島の背中に手をまわし、指を食い込ませて果てた。鹿島も多量のザーメンを吐き出していた。

鹿島はふうっと息を吐いた。額に汗を滲ませた友香は目を閉じ、肩で息をしている。瞼も頬も紅潮し、いい色に染まっている。

大理石のテーブルと同じ材質で作られたティッシュボックスを引き寄せ、数枚いっしょに引き抜いた。まず友香の額の汗を軽く拭き、自分の顔の汗もぬぐった。ゴミ箱に放り、新しいティッシュを乱暴に引き抜いた。結合部に当て、精液がこぼれないように、ゆっくりと肉棒を引き抜いた。

友香の唇が軽く開いた。

「身繕いしてきな。あいつが帰ってきたら、トイレだと言ってやる」

鹿島は二十分経過していることを腕時計で確かめ、始末の済んだ肉根をブリーフに押し込んでズボンのジッパーを上げた。

股間に置かれたティッシュでそっと秘芯をぬぐった友香は、ショーツを引き上げ、スカートの裾を戻してヨロヨロと立ち上がった。

こういうときでさえ、家庭を守りたいという友香の気持ちは無意識に働いた。鹿島がゴミ箱に放ったティッシュを取り出し、トイレの便器で流した。鹿島との不倫の痕跡が消えたことを確かめたあとで、ビデを強にして長いこと秘芯を洗った。

濡れていないまま指を押し込められたせいか、会陰寄りの女壺の縁がひりついた。

トイレを出た友香は、洗面所で乱れている髪を解いた。タオルで顔を拭いた。家では、クリームのほかは口紅を塗るだけの、ほとんどノーメイクに近い状態で過ごすので、化粧で慌てることはなかった。

けれど、精神状態は普通ではなかった。自宅で鹿島に抱かれてしまうことになるとは思わなかった。ここは直樹や美緒と過ごすための平和な館のはずだった。これからどんな顔をして直樹達と過ごせばいいのか……。それより、すでに戻ってきているかもしれない文子が、何か異変に気づくのではないかという恐れが胸をかすめた。出ていくのがはばかられる。かといって、いつまでもここにいては不審に思われる。

洗面所を出ると、リビングから文子の笑う声が聞こえてきた。

自分のことを笑われているような被害妄想に陥った友香は、カッと汗をこぼした。だが、近づくと、鹿島の言葉で笑っているのがわかった。

友香は大きく息を吸い込んだ。そして、リビングに入った。

「あ、奥様、遅くなりまして。鹿島さんったらおかしいことばかりおっしゃって」

またプッと笑った文子は、ブーケのケーキの入った箱を開いた。種類のちがうケーキが八つ入っている。

「おお、うまそうだ。うまいものは見ただけですぐにわかる。帰りに子供達にも買っていってやろう。店の場所を教えてもらいたいな。地図を描いてもらえると助かるな」

「ええ、すぐに。その前に、どれになさいますか」

「そのグリーンの」

「ああ、このお抹茶のケーキはとってもおいしいですよ」

文子は皿にそれを取った。

「奥様は」

「あとでいいわ……お紅茶を淹れてちょうだい」

会釈して文子がキッチンに向かった。

「おまえの娘に会ってみたい。あとどれくらい待ったら戻ってくるんだ」

鹿島は好きでもないケーキを手でつかんで口に入れた。

「帰って。二度とここには来ないで」

「外で会ってくれるならわざわざ来なくてもいいんだ。どうする？」

「これ以上つきまとうなら、奥様に……本当に、奥様に連絡します……夫にも相談します。本当に……」

精いっぱい脅しているつもりかもしれないが、鹿島にはそんな友香の言葉など気にもならなかった。歪んだ笑みを浮かべ、テーブルの上のパンフレットを押しやった。

「この別荘、買ってもらいたいんだがな。たとえ数千万だって、おまえの暮らしにとっちゃ、たいしたことはないんだろう？　ダンナに甘えて買ってもらいな」

「そんなお金はありません」

「俺達がつき合っていたころ、おまえとのベッドインをビデオに隠し撮りしたことがあったよな。あれ、記念にとってあるんだ」

いつもより激しかったあのセックスは、鹿島が隠し撮りを意識したうえのものだっただろう。執拗なクンニリングス、次々と体位を変えての交合、強制フェラチオ……。それを見せられたとき、友香は顔をそむけた。

そんなものをいまだに持っていると聞くと、鹿島に生涯脅迫されつづけるのかと暗澹《あんたん》とした気分になった。

「結婚前のことは……全部夫に話してあります……たとえあれを見ても……夫が私を責めることはないわ」

鹿島とのことを直樹に話したことはなかったが、目の前の脅迫者に負けないためには、そう言うしかなかった。

「ほう、いいダンナじゃないか。大事にしな。俺はおまえの昔の男だ。いつまでもおまえとのビデオを持っているというのも未練たらしくていけない。近々、ダンナに返してやろう。懐かしのビデオ鑑賞会を開いていっしょに見ようぜ」

友香は喉を鳴らした。

「ともかく、また電話するからな」

友香の戸惑いに唇を歪めた鹿島は、ケーキの残りを乱暴に口に放り込んだ。

2

写真のネガを返してやるから出て来いと、神林から電話があった。友香は犯される危険を感じながらも、指定された場所に行くしかなかった。

ネガさえ返してもらえれば、鹿島の妻に何か言われても、拒みとおせばいい。真実を知らないお手伝いの文子を味方にして、鹿島とは別荘のことで話をしただけだと言うのもいい。藤野家を心地よい職場と思っている文子は、躰を張ってでも友香の潔白を証言してくれるだろう。

幸せだった日々が、鹿島と会ってから一変した。ふたりの男との不倫。夫への裏切り。いまさらどうしようもなかったのだと言ってみても、それで納得してもらえるはずがない。何とかことを荒立てないでうまくおさめたいと思うほど、泥沼にはまっていく。だが、きょう限り、また平安の日々が戻ってくるのかもしれない。

神林は金を用意しろとは言わなかったが、タダで返してもらえるとは思えない。友香は先日のように、バッグに五十万円を用意していた。

ホテルの喫茶店などと言われたら、何とか場所を変更させなければと思っていたが、神林は意外にも、新宿のK書店の美術書のコーナーを指定してきた。

そのコーナーは広い書店の隅にあり、客もまばらで死角になっていた。

「奥さんもたいした人だ。ラブホテルの出入りを写真に撮られて懲りたかと思ったら、太平不動産の跡継ぎを、真っ昼間から自宅に連れ込むんですからね。お手伝いさんを外に出したのは、ふたりで楽しむためだったんでしょう？　きれいな奥さんがどんな顔をして、どんな声をあげているのか想像するだけで、張り込んでいた車のなかで、いやが上にも勃起してきましたよ」

あのときの不安が的中した。やはり鹿島はつけられていたのだ。もはや言い訳するのも虚しい。

「鹿島夫人は、私がいくらご主人に浮気の事実はないと言っても納得せず、あと一週間延長するから徹底的に調べてくれと言うんですよ。で、金になるからいちおう引き受けることにしたんですが、またまたこんな写真を撮る羽目になるとはね」

神林は茶封筒から、友香の屋敷に入ろうとする鹿島と、迎え入れようとしているように見える友香の写真を出した。

「この写真とネガだけは渡してもいいですよ。ただし、タダとはいきませんけどね」

写真のネガさえもらえれば終わるのだと思っていたが、神林の言うネガとは、友香の考えているものとは別のものだった。友香はふたたび奈落の底に沈んでいった。

「おいくらで……譲っていただけますの？」

「調査費用はあちらからもらってますから、お金はいりません。そのかわり、これから二、三時間つき合ってほしいんですよ」

好色なねばついた目を向けた神林に、友香は鳥肌だった。

「このあいだのようなことは……二度と……二度とできません」

「私とは寝たくないと、そういうことですか」

黙って喘いでいる友香を、神林はじっくりと眺めた。地味なアッシュローズの麻のスーツだ。スカートは膝を隠すやや長めのもので、髪は顔を隠すためか、先日とちがってふんわりとさせ、両頬に落としている。

「ヒステリックな鹿島夫人を暴走させたくないなら、奥さんは私に対して素直になるしかないんですよ」

まだ会ったことのない鹿島の妻が鬼のような形相をして藤野家に怒鳴り込んでくる姿を、友香は想像した。ホテルで抱かれたのが事実なだけに、友香は女と対決する強さも、直樹に言い訳する自信もなかった。美緒に軽蔑される母親になるのも恐《こわ》かった。

「ホテルは困ります……」

「ひょっとして生理じゃないんですか」

神林の言葉に逃げ道を見いだしたようで、友香は即座に頷いた。

「そんな気がしたんです。奥さんはナプキン派でしょう？　タンポンを押し込むようには見えないんです」

男と生理の話をするだけで恥ずかしかった。近くに人がいて聞かれていはしないかと、じんわりと汗が噴き出した。

「ナプキンなのかタンポンなのか、聞こえなかったのなら、もっと大きな声で言いましょうか」

「ナ、ナプキンです……」

友香の耳たぶが真っ赤になった。

「思ったとおりだ。だけど、きょうはタンポンにしてください。ここでこれを入れることができるなら」

神林は背広の内ポケットから、フィンガータイプのタンポンを出した。友香はまた汗をこぼした。

「たとえメンスでなくても、ここで奥さんにこれを入れてもらおうと思ってたんですよ。そしたら、ホテルは諦めてもいいんですがね」

だからこんな場所を指定したのかと、友香は神林の変態ぶりに息苦しさを覚えた。

「ホテルの二時間コースにしますか。それとも、この場でこれをオ××コに入れて、近くの喫茶店で一時間ばかりお話しして帰りますか。どちらでもかまわないんですよ。奥さんにまかせます。一分以内に決められないなら、鹿島夫人の味方になることになりますよ」

神林は腕時計を友香の目の前に突き出し、秒針を追いはじめた。

「こんなところで困ります……おトイレで」

ホテルに行くわけにはいかない。残る選択はひとつだ。友香は神林の手からタンポンを取り、その場を離れようとした。

「ふたつの家庭は戦争突入ってわけですね」

神林は友香を無視するように背を向けた。

「待って！」

友香は慌てて神林の腕をつかんだ。

「見張っててあげますよ。さっさとここでタンポンを入れることですね。そう決めたんでしょう？」

鼓動が高鳴り、友香の全身は震えていた。タンポンを使ったこともある。挿入方法ぐらいわかっている。しかし、大きな書店の片隅でそんなことをしろと命じられては、大衆の前で裸になれと言われるのも同じように屈辱的だ。

「誰も……誰も……来ないでしょうね」

友香は通路に立った神林に、かすれた声で尋ねた。緊張で今にも倒れてしまいそうだ。

さっさとしろというように、神林が顎をしゃくった。

友香はタンポンを包んでいるセロハンをはがし、紐を伸ばした。通路が気になったが、神林に背を向けてスカートをまくり上げ、ショーツに手を入れた。恥ずかしさに総身の血が逆流するようだ。心臓はいっそう激しい音をたてた。

秘口がどこにあるのかぐらいわかっている。けれど、焦っているせいか、タンポンの先がうまくくぼみに辿りつかない。恥ずかしい姿勢にならないように意識しているせいかもしれない。

「まだですか？　こっちに来そうな客がいますよ」

神林の言葉にいっそう焦ってきた友香は、上体を曲げ、太腿を少し離した。タンポンの先がくぼみに沈んだ。

一気に奥に向かって指を進めようとしたが、出血しているわけではないので、潤滑油が足りない。まるで秘壺は閉ざされているようだ。なかなか奥に進んでいかない。友香は泣きたくなった。

途中でやめるということを思いつかず、友香は尻をくねらせた。指をねじるようにして小さな異物を押した。何とか第二関節まで沈んだところで素早く指を抜き、スカートから手を出した。

友香の額は汗でびっしょりだった。誰にも見られず挿入できたことにホッとしたのもつかのま、こんなところで大胆なことをしてしまった自分の破廉恥さに消え入りたくなった。

「冷たいものでも飲んだ方がよさそうですね。喫茶店に行きますか」

羞恥にボーッとしている友香を、鹿島はエスカレーターの方に押しやった。

友香が秘芯の異常を感じはじめたのは、もうじき一階に着くというときだった。女壺がだんだん熱くなってきて、痒《かゆ》いような疼くような妖しい感覚に襲われた。異物というより、秘芯に蠢く生き物が入り込み、勝手気ままに肉襞を舐めまわしているようだ。それも、思いきり猥褻に這いまわっているようで、友香は思わず声をあげそうになった。

じっと立っていることができずに、内腿をこすり合わせながら腰をくねらせた。

「ああう……」

エスカレーターのベルトに置いた手を食い込ませるほど握り、友香は歯を食いしばった。

「どうやらスケベな薬が効いてきたようですね」

神林の言葉で、友香はタンポンに何か薬が染み込ませてあったのに気づいた。女壺だけでなく、全身が熱い。汗が滝のように流れている気がした。

「ひどい……ああう」

肩で息をする友香は、一階に着くと、トイレで異物を出さなければと思った。だが、それを察した神林は、友香の腕を鷲づかみにして、ふたつ隣のビルに友香を引っ張り込んだ。

「スケベタンポンを出すのは私です。自分で引っ張り出すわけにはいきませんよ」

エレベーター脇の階段をのぼった神林は、踊り場で薄ら笑いを浮かべた。

「はあぁっ……出して……早く……んんんっ」

いっそう激しさを増してくる痒みを伴った感覚に、友香は腰を振りたくった。だが、そんなことでは今の症状を癒せないのはわかっている。友香は恥も外聞もなくスカートに手を入れ、ショーツにくぐらせた。すると、神林がその手を握り、タンポンを取り出すのを阻止した。

「どんな感じです？」

「ああ……我慢できないの……出して」

いっそナイフで秘所をえぐり出したい。痛めつけていたがゆさを忘れたい。

「パンティを膝まで下げたら出してあげましょう。自分の手で出せると思っちゃいけません」

友香は白いシルクのショーツを、薄手のパンティストッキングごと太腿へと引き下げた。鼠蹊部が汗でびっしょり濡れている。ショーツに押さえられていた上品な翳りが、遠慮がちにもわっと立ち上がってきた。股間から、十センチばかりの白い紐が下がっている。それはいっときも静止することがなかった。

「早く。早く出して！　はあぁあっ」

尻を振り、太腿をこすり合わせる友香は、貞淑な社長夫人というより、淫乱な女そのものといった破廉恥な動きをしながら喘いでいた。頬と額に黒髪がこびりつき、紅を塗った唇がぬらぬらと光っている。

「オ××コからタンポンを出してください、とお願いしないんですか」

屈辱に熱い息をこぼした友香は、唇をぶるぶると震わせた。そんな下品で破廉恥な四文字など口にしたこともない。

「出したあとは、これでさっぱりと洗ってさしあげるつもりなんですがね」

透明な容器に入った使い捨てビデを、鹿島は背広のポケットから出して見せた。

ビデまで見せられたとき、友香は今の苦痛から逃れることだけを考えた。

「あそこから……タンポンを出してください」

「あそこじゃわかりません」

「ヴァギナ……」

「ちがいます」

「ああ、オ××コから……」

女にしかわからない苦悶から逃れるために口にしてしまったとはいえ、友香は恥ずかしさと自己嫌悪に総身を揺すった。下卑た言葉を出した以上、魂も汚れてしまったように感じた。

「ちゃんと言えるじゃないですか、奥さん」

鼻先で笑った神林は、紐を引いてタンポンを抜き取った。むろん血液などついていない。ぬるぬるしたものにまぶされ、すっかりふやけている。もわっとした清潔な秘芯の匂いが神林の鼻先に漂った。

「メンスじゃなかったようですね。だったら、こんなもの、わざわざ入れることはなかったのに」

最初から友香の嘘を見抜いていた神林は、片方の口辺をわずかに持ち上げた。

「パンティを脱いだらどうです。半端なままじゃ濡れますよ。濡れたパンティを穿《は》いて帰るわけにはいかないでしょう？」

「ホテルに……連れて行ってください」

こんな状態で家まで帰れるわけがない。いっときもじっとしていることができない。友香は自分からホテルに行くことを望んだ。

「奥さんはベッドの上でしかスケベなことをしたことがないんでしょう？　公園、オフィス、山に海、こういうことはスリリングな場所でやるのも乙なものですよ。きょうの奥さんはタンポン遊びを選んだんです。ここがきょうのお遊びの場所なんですよ。オ××コを洗ってほしいなら、さっさとスッポンポンになってください」

神林はビデの蓋を開け、秘口に突き刺すノズルを取りつけた。

友香は周囲が気になった。エスカレーターがあり、誰もがそれを使うとはいえ、この非常階段を使う者がいないとは限らない。屈辱に目眩《めまい》がしそうだ。だが、ビデを見ると、それで柔襞の中を洗い流してほしいという、せっぱ詰まった思いだけがふくらんだ。秘芯をえぐり取ってしまいたいほどの苦痛なのだ。

友香はショーツとパンティストッキングを踝から抜き取った。

「濡れないように、しっかりとまくり上げててくださいよ」

自分でします……という言葉を出そうとした友香は、それが虚しいことを察し、スカートをまくると、神林に向かって女園を突き出した。

女の器官がべとべとになっている。指をVにして花びらをくつろげた神林は、透明な嘴《くちばし》を秘口に突き刺し、側面を押さえ込んだ。洗浄液が子宮壺に向かって押し出されていった。

膣襞を洗い流した液は、ビデの側面に置いた手の力を抜くと、また器に吸い上げられていった。

ビデを抜いてかたわらに放った神林は、ズボンから肉杭を出すとコンドームをかぶせた。女壺を洗ったとはいえ、そのまま挿入してしまっては、自分の大切なものに変化が表れるかもしれない。

壁に友香を押しつけた神林は、立ったまま肉棒を秘芯に押し入れた。

「あう……」

相変わらず灼けるように熱い女壺を突き刺され、友香は嫌悪感より、乱暴に抽送されたいという思いでいっぱいになった。こんな恥ずかしい場所でという思いも薄らいでいった。

「オ××コがカッカと燃えてるでしょう？」

腰を動かす神林は、汗まみれの友香の唇を塞いだ。

友香ははじめて積極的に舌を動かした。じっとしていることは苦痛だった。

3

吾朗《ごろう》といっしょにいられるだけで、美緒《みお》の胸は弾んでいた。

「ねえ、お兄ちゃん、今晩も泊まっていったら？」

一週間前、吾朗は久々に屋敷に泊まった。美緒としては、そのうち、またいっしょに吾朗と暮らすのが夢だ。

「大学時代の友達と呑む約束をしてるからな」

「でも、またここに帰ってくればいいでしょ」

「酔っぱらって寝るだけだ。マンションの方が気楽だろ」

美緒は泣きたくなった。私のことが嫌いなの？　と聞いてみたくなる。

「なあ、このごろ……義母《かあ》さん、何だか変じゃないか？」

自分のことを考えてほしいと思っているときに母親のことを言われ、美緒は吾朗が自分に無関心なのだと哀しくなった。

「変って？」

「何だかぼんやりしてるような気がしたんだ。思い過ごしならいいんだがな」

「このごろお友達と会うことが多くて疲れてるんだわ。ママったら、今ごろになって遊び癖がついちゃったのかも。こないだも、先にお休みさせてもらうわ、なんて言って、十時に寝ちゃったの」

フフと笑う美緒に、吾朗は気のせいならいいがと思った。

先週の友香も、これまでと雰囲気がちがうようだった。何がちがうと尋ねられても、言葉にしてはうまく言えないが、これまで吾朗の知っている友香と微妙にちがう気がした。

「ね、お兄ちゃん、美緒の一学期の成績がうんとよかったら、ご褒美くれる？」

「何がほしいんだ？」

「ええと……何かもらうより旅行がいいかなァ」

「オヤジはなかなか時間がとれないぞ。義母さんと三人なら何とかなるだろう」

ふたりで行くということが最初から念頭にないらしい吾朗に、美緒はプッと頬を膨らませた。

「どうした」

「別に！」

妹としか自分を見ていない吾朗に、美緒は地団太踏《じだんだ》みたい気がした。

「今夜の美緒はご機嫌斜めみたいだな。アレか？」

「アレって？」

ツンとしたまま美緒は尋ねた。

「月に一回まわってくるやつさ」

「バカッ！」

生理のことだったのかと、美緒は恥ずかしかった。そして、また膨れっ面をしたものの、じんわりと嬉しさがこみあげてきた。

「きょうはこれで終わりにして、おやつの時間にするか」

「ブーケのケーキ、たくさん買ってきてくれたものね。今週は二度目よ。こないだもいっぱい食べちゃった」

そのときのケーキが、お手伝いの文子を追い出して鹿島とふたりになるための口実として使われたものとも知らず、美緒は単純にはしゃいだ。

ふたりが階下のリビングに行くと、友香は窓ぎわに立って暗い外を眺めていた。ふたりが下りてきたことにも気づいていない。

「ママ」

ビクリとした友香が慌てて振り返った。

「あら……」

「どうしたの？」

「何か音がしたみたいだったから……」

吾朗は敏感に、友香はやはり何か悩んでいるのではないかと思った。

「美緒、またおまえにおいしいコーヒーを淹れてもらおうか」

友香とふたりになりたいため、吾朗は美緒に明るい声で言った。

「うん、すっごくおいしいのを淹れてあげる」

吾朗の言葉に、美緒は単純にキッチンの方に駆けていった。

「義母さん、このごろ何だか変だ。何かあったんじゃないのか」

笑おうとした友香の頰がこわばった。

「別に……何が変なの？」

「何か悩みでもあるんじゃないかと思って」

「悩みがないのが悩みかしら」

笑みを装った友香は、直樹に似た吾朗に心の底を見抜かれるのではないかと不安だった。あがけばあがくほど蟻地獄に落ちたように埋もれていき、暴漢の餌食になるしかない。

書店で神林と待ち合わせた日、ビルの階段で立ったまま抱かれたあと、友香はショーツを奪われてしまった。ビデで秘芯を洗ったあと、少しずつ火照りも痒みもおさまってきたが、友香はストッキングの下に何もつけないまま、タクシー乗り場まで新宿の人混みのなかを歩かなければならなかった。

まんがいち風が吹いてスカートを持ち上げるようなことはないだろうかと、友香は一歩足を動かすたびに冷や汗をかいた。道行く人がスカートのなかのことに気づいているのではないかと、心臓は飛び出さんばかりに高鳴り、額の汗がこめかみを伝って流れ落ちた。

タクシーに乗ったときも、死にたいほど恥ずかしかった。ようすのおかしい友香を、運転手がバックミラー越しにチラチラと眺めていた。

「義母さん、オヤジに言えない悩みでもあったら、俺に言ってくれないか。これでも、案外、頼りがいのある男に成長してると思うがな」

継母に対して反抗もせず、スクスクと育ってくれた吾朗。この息子をも裏切っているのだと、友香は息苦しくなった。

「何かあったのか」

「いいえ……本当に心配してくれてありがとう。でも、ほんとうに何でもないの。私のことを心配するより、吾朗さんはガールフレンドの悩みをちゃんと聞いてあげてね。誰かいるんじゃないの？」

そんな女はいないと言おうとして、吾朗はそのまま押し黙った。

4

もう少しいればいいじゃないと言う美緒を押し切るようにして、コーヒーを飲んだ吾朗は屋敷を出た。

「チクショウ！　何がガールフレンドだ」

苛立ちをぶつけるように、吾朗は小石を思いきり蹴った。

少し車で走り、電話ボックスから、何度か抱いたことのある出張ヘルスの女を呼び出した。

それから、指定のホテルに向かって車を走らせた。

リカはラブホテルに先に着いていた。スレた感じのないおとなしい女だ。特別美人でもないが、色白でかわいい。

来春大学卒業の学生と言っているが、吾朗の勘では二十四、五歳の人妻で、金に困って身を売っているという感じだ。ヤクザな遊び人の夫のため、あるいは、事業に失敗した夫の借金のために、なりふりかまわず金を作っているというあたりではないか。

「お風呂、入れておいたわ。私、先にシャワーだけ浴びたから」

ホテルの浴衣《ゆかた》を羽織って、リカはベッド脇の小さなソファーに座ってテレビを見ていた。

「風呂はあとでいい」

吾朗がベッドに向かって顎をしゃくると、リカは薄いピンクの浴衣を脱いだ。下には何もつけていない。

腰のあたりがふっくらしていて、それだけでも学生というより人妻だ。腰だけでなく、全体にむっちりしていて肉づきがいい。若い女なら太り過ぎだとダイエットを考えるのかもしれないが、吾朗はこのくらい丸い方がよかった。

リカはうつぶせになり、両手をうしろにやった。これまでの吾朗とのプレイで、客が何を求めているかわかったうえでの姿勢だ。だが、吾朗の方は、友香との会話で苛立ち、急遽《きゆうきよ》この時間をつくっただけに、いつもの準備をしていない。

ベルトで両手首をグルグルと巻き、何とかロープの代わりにした。洗面所からタオルを持ってきて、猿轡《さるぐつわ》にした。細く折り畳むと分厚くなり、後頭部でくくるのが厄介だった。

吾朗はSMプレイをしているつもりはなかった。リカはあくまでも友香の代わりなのだ。それには、セックスの最中、勝手に動かれては困るし、友香とちがう声で喘がれたり何かを言われたりしても困る。最初から別人とわかっているものの、できるだけ友香に近い女を想像しながら犯したい。

だから、これまで抱いてきた商売女のなかでは、さほどスレていないリカがいちばん気に入った。くくられることにも箝口具《かんこうぐ》をされることにも文句を言わなかった。それが再度の指名になり、最近はリカばかり呼ぶようになった。

いつにない乱暴さで、吾朗はうつぶせのリカを仰向けに転がした。

口を割った白いタオルが、朱の口紅で薄赤く染まっている。無理に開かれたその唇が、かすかに震えている。どこか怯えたような目をして、軽く眉間に皺を寄せている。膝は堅く閉じている。勝手にしてというように脚を開いて居直られては、一円の値打ちもない。

(義母さん、俺がほかの女を好きになれると思ってるのか。義母さん以外の女と暮らせるとでも思っているのか！)

怒りを、まずはリカの乳房を鷲づかみにすることでぶつけた。

「ぐ……」

声を出せないリカが、痛みに顔をしかめた。吾朗がこんなふうに、最初から乱暴な扱いをするのははじめてだ。

精力的な男。たっぷりと時間をかけて責める男。たとえくくられていても安心して身を任せることができる男。肉棒だけでなく、口や指でもたっぷりと悦ばせてくれ、終われば、痛くなかったか、と声をかけながら、うしろ手に縛ったロープを解き、規定の料金よりやや多めの金を渡してくれる男。それが吾朗だった。

客のなかには、単なる性の道具としてリカを扱う者もいるし、嫌悪したくなるいやらしいだけの男もいる。だが、吾朗はリカにとって自分を人間扱いしてくれ、気遣いを見せてくれる好ましい上客だった。

だが、今夜はいつもとちがう。風呂に入らずに性急にプレイをはじめたことは、かつてなかった。それに、リカを見る視線も鋭い。

大きな乳房に指が食い込むほどギュッとつかんだ吾朗は、大きめの乳首をひねりあげた。

「うぐぐ」

リカは胸を隠そうと、片方の肩を上げて躰を回転させようとした。吾朗が肩先を押さえ込んだ。

恐怖を宿したリカの瞳を見下ろすと、吾朗の躰に流れている血がますます凶暴になっていった。

(なぜオフクロなんだ！　たった九つしかちがわないのに、どうして俺は息子なんだ。どうして俺はあんたを抱けないんだ！　オヤジに抱かれてあんな声をあげるくせに、俺の前ではセックスもしたことがないような顔をしやがって！　好きなんだろ！　ぶち込まれてヒィヒィよがりたいんだろ！)

上品な友香だけに腹が立つ。やさしい母親だけに腹が立つ。吾朗の感情に気づいていないだけに腹が立つ。

「いい顔だな。今夜はたっぷり責めてやる。手ブラで来たのが残念だ。猥褻なオモチャを山ほど買ってくればよかった。オ××コに何をぶち込まれたい？」

タオルにぐっしょりと唾液が染み込んでいる。首を振り立てるリカが、いつになく鳥肌だっている。

「俺のペニスぐらいじゃ物足りないんじゃないか？　デカイ奴がほしいか。ビール瓶ならどうだ」

歪んだ笑いを浮かべた吾朗は、小型冷蔵庫からビールの小瓶を出し、栓を抜いた。グラスにつぎ、まずはグッと一気に空けた。

何をされるかと怯えているリカは、上半身を起こし、尻であとじさりながら、うしろ手に拘束されている手をベルトから抜こうと肩先を動かしてもがいた。

そんな獲物を、吾朗は余裕を持ってソファーから眺めていた。

「口が塞がれていたんじゃ、せっかくのビールが呑めないな。下の口に呑ませてやる」

二杯めの最後の一口を口に溜め、ベッドに戻ると、リカの足首をつかんで引きずり戻した。

「うぐ」

ひっくり返ったリカは、上体を起こそうともがいた。だが、そのわずかの間に、吾朗はリカの脚を大きく割っていた。鼠蹊部あたりをがっしりとつかんだ。ほどよくカットされた茂みの下方で、柔肉がピンク色に輝いている。それを鼻で押し広げるようにして、顔をめり込ませた。それから秘口に口を押しつけ、まだ多少冷たさの残っているビールを勢いよく注ぎ込んだ。

「ぐぐ」

肌に食い込む指の痛さとビールの冷たさに、リカは尻肉をひくつかせ、息を止めた。

吾朗が顔を離した。大部分の液体が秘裂から流れ出し、シーツを濡らしていった。

「うまいか。たまには下で呑むのもいいもんだろう？　ついでにビール瓶もぶち込んでやろう」

空になっている小瓶をテーブルから持ってきた吾朗に、リカは必死に首を振り立てた。膝を堅く合わせ、また尻でずり上がっていった。

「脚を開け。太い奴がいいんだろう？」

ちぎれるのではないかと思えるほど、リカは激しく首を振り立てた。

「いやか。おとなしく脚を開かないなら、別の穴にするぞ。うしろにこいつをぶち込んでやってもいいんだ」

水を浴びたように汗まみれになっていく怯えたリカは、友香に対する吾朗の怒りや苛立ちを晴らすにはもってこいだった。

（義母さん、何を怯えてるんだ。お仕置きされて当然だろう？　オヤジとあんなことをしているのも癪《しゃく》だが、きょうはガールフレンドの悩みを聞いてやれと言ったな。その口をへし折ってやる。わかってるのか、義母さん！）

白い足首をベッドの手前の際まで引っ張った吾朗は、リカの脚の間に躰を割り込ませた。

リカは尻を大きくくねらせながら、必死にずり上がっていく。

「動くな！　二度とオ××コで商売ができなくなるぞ。全部は入れやしないから心配するな。だが、そうやって暴れるなら、内臓に届くまでぶち込んでやる。どうするんだ。うん？」

本気かもしれないと、リカは抵抗をやめた。同時に涙が溢れ、肩が震えた。

声を出せずにしゃくりあげているリカを哀れとも思わず、吾朗は押し上げた太腿の付け根に、ビール瓶の口をつけた。それから、注がれたビールがまだ少し溢れ出ている女芯にねじ込んでいった。

「くくっ」

リカの腹部と乳房が激しく波打った。

六、七センチで小瓶はストップした。太い胴体部分がすんなり入っていくはずはない。リカは皮膚を粟立たせ、震えながら泣いている。

ようやく吾朗は冷静になってきた。冷静になると、リカに悪いことをしたと反省した。最初から、女の器官を傷つけるつもりはなかった。ビール瓶を出し、花びらを舐めた。肉芽も舐めてやった。

器官を十分に舐めたところで、太腿に舌を這わせた。ずり上がって乳房を揉みしだきながら、しこっている乳首を吸い上げ、甘嚙みした。

リカがタオルの下で甘い声をあげているのがわかる。だが、目尻にはまだ涙が光っていた。

吾朗は唾液でベトベトになっているタオルを外してやった。

「予告なしのレイプゴッコは恐かったたか」

冷酷な男に変貌した吾朗がいつもの男に戻ったのを知り、リカはひときわ大きくしゃくりあげた。

吾朗は最後に口にした言い訳で許されたことを、恨めしげに泣くリカの目で知った。

第三章　美少女蹂躙

1

近くに用があったからと、また鹿島《かしま》が友香《ゆか》を尋ねてきた。それも夕方、美緒《みお》が帰宅するころだ。

「こないだの別荘もいいが、ほかの別荘とも比べてみた方がいいんじゃないかと、こんなものも持ってきてみたんだ」

お手伝いの文子《あやこ》の手前、鹿島は別荘のパンフレットをテーブルに出した。

「別荘も維持費が大変ですね」

パンフレットを覗き込みながら、文子は鹿島の前にコーヒーを置いた。

「買うとは決まってないの……まだ主人にも言ってないし」

買うつもりなどないのだ。夫に言えるわけがない。

「気に入ったのなら買っておいた方がいいんじゃないかな。いいものじゃなきゃ、こうやって知り合いに勧めたりしない」

文子に好感を持たれていると自信がある鹿島は、きょうも軽い冗談を言って適当に笑わせては、友香に話を戻した。

ドアホンが鳴った。

「あら、お嬢様でしょうね」

文子が玄関に向かった。

「帰って。困るわ。ここに来られたら困るの。夫にはあなたのことも別荘のことも話してないの。私の家庭をメチャメチャにしないで」

文子の前では冷静を装っていた友香だが、美緒には鹿島を会わせたくない。母親として胸が痛む。平静でいられる自信がなかった。

「ママ、ただいま。どうも、こんにちは」

スクール鞄を下げた美緒は、文子に客が来ていると聞き、挨拶にやってきた。

「こんにちは。その制服は美鈴女子学園だね」

鹿島はなれなれしい口調で言った。

「ええ、春から通ってるんです」

「優秀なお嬢さんしか行けない学校だ。名前、なんて言うの？」

「美緒です。美しいに鼻緒の緒です」

友香の前で気楽に話しかけてくる男を、美緒は少しも疑わなかった。

「美緒ちゃんか。いい名前だ。鹿島です。よろしく。美緒ちゃんのお母さんとは大学のときの知り合いで、こないだ偶然に道で会ったもんだから」

なんと愛らしい娘だと、鹿島は想像以上に美形の美緒を見て舌舐めずりした。

友香ゆずりの透けるように白い肌。きれいな二重瞼にぱっちりした目は、友香を現代的にした感じだ。ぷっくりした初々しい唇は、自然のままのピンク色で艶々と輝いている。

乳房のあたりまである、やや栗色がかった細くやわらかい髪はポニーテール。乳房の膨らみはまだ小さそうで、いかにも処女という感じだ。

制服は衣替えになったばかりの夏服で、藍と白のタータンチェックの膝上十センチばかりのスカートがかわいい。その柄と同じものを襟の縁にあしらった白いブラウスも、いかにもお嬢様という感じがしてゾクゾクする。

白いソックスには臙脂《えんじ》の線が二本入っている。パンティストッキングなど穿いていないので、産毛さえないつるつるの健康的な脚が眩《まぶ》しい。

「大学のときの知り合いって、ママ、女子短大のはずだけど」

さりげなく言った美緒だが、友香は動揺した。

「大学同士のコンパなんかあるだろ？　それで、ちがう大学の学生とワアワア言いながら、みんなで楽しく呑んだりするわけだ」

「そう、コンパのお知り合いなのね」

単純に納得した美緒は、パンフレットに気づいた。

「なあに？」

「ステキな別荘のパンフレットを持って来てみたんだ。不動産の仕事をしてるもんだから」

軽井沢や熱海だけでなく、ハワイのリゾートマンションなども持っている藤野《ふじの》家なので、美緒は特別な興味は示さなかった。

この日、鹿島は美緒をハンティングすることに決めた。

二日置いて、鹿島は美鈴女子学園の校門付近で美緒を待った。

三時前、美緒が友達と出てきた。校門の前で声をかけては不自然なので、少し先で友達と別れたのを見届け、声をかけた。

「あら、オジサン」

「こんなところで何をしてるんだ。そうか、この近くに学校があったんだったな」

さも偶然だという顔をした。

家まで送ってやると言うと、美緒は疑いもせず、簡単に車に乗った。

「ちょっと寄りたいところがあるんだ。面白いものがあるからいっしょにおいで」

さほど離れていないマンションの一室に美緒を誘った。太平不動産の持ちビルで、地の利がいいだけでなく、造りがよく、防音も抜群だ。

バブルがはじけて、借り手が割高のマンションを敬遠するようになり、数室空いている。数カ月前から、鹿島はその一室を私用で使うようになった。私用とは、だいたい女を連れ込むことだ。

2LDK。八畳の洋間が寝室だ。ダブルより三十センチほど広いクイーンサイズの、いかにも性の宴を楽しむためといった高価なベッドが置いてある。

鹿島は美緒をリビングに案内した。

「ここはオジサンの部屋?」

友香の知り合いが悪いことをするはずがないと、美緒は微塵も疑わず、危険も感じていない。

「うちの持ちビルだ。夜遅くなったとき、泊まったりするんだ」

「ふうん。で、面白いものってなあに? あんまり遅くなるとママが心配するから」

「こっちだ」

もうじきこのウブな女を自分のものにすることができると思っただけで、肉棒がムクムクと起き上がってきた。

寝室のドアを開けると、

「わあ、大きなベッド」

美緒はまだ自分に迫った危険を察することができず、両親のベッドとどちらが大きいだろうなどと考えていた。

「このベッド、気に入ったか。ここでオジサンと楽しいことをしような」

ニヤリとした鹿島に、美緒ははじめてうすら寒いものを感じた。つい今し方までの鹿島と雰囲気がちがう。

「何を……見せてくれるの……？」

逃げ道はないかと、美緒はあたりをうかがった。だが、カーテンは閉じている。おそらく、窓の鍵はかかっているだろう。開ける暇はないはずだ。ドアから出るしかない。けれど、そのドアの前には鹿島がいた。

「面白いものというのは大人のお遊びのことさ。まだ楽しい楽しいお遊びをしたことがないんだろう？　はじめて会ったときにすぐにわかった。教えてあげないと可哀想だと思ったんだ」

美緒の鼻から荒い息がこぼれ、喉が鳴った。

「帰ります……」

「お遊びが終わったらちゃんと送ってやる」

一歩近づくと、美緒は一歩あとじさった。

近づこうとすると、美緒は身をかわし、ドアに向かおうとした。鹿島が腕をつかんだ。

「かわいい制服を脱いだらどうだ。それとも、オジサンに脱がせてもらいたいのか」

「いやっ！　放してっ！　いやっ！」

震えを帯びた叫びが、鹿島の嗜虐の血をたぎらせた。ポニーテールが揺れている。少女の面影を色濃く残した顔が恐怖に歪み、小さな胸の激しい喘ぎが制服越しにも見て取れる。瞬時に汗ばみ、美緒の体温が上昇しているのもわかった。

ベッドに押し倒すと膝上のスカートがまくれ、白い木綿のパンティがチラリと覗いた。

総身で美緒はあらがった。鹿島を押しのけようと腕を動かし、脚を蹴り上げた。だが、しょせん小娘の抵抗でしかなかった。吾朗に習ったいざというときの護身術などすっかり忘れていた。柔道も合気道も役立たなかった。

鹿島にはか弱い抵抗が快かった。金で簡単に身を売る中高生が都会では珍しくない。そんななかで、美緒《みさお》は操の大切さを知っている。操の大切さというより、好きでもない男に抱かれるのは嫌だという単純な気持ちかもしれない。それでも、処女の抵抗はこたえられない。

他愛もない腕力の十二歳の女をねじ伏せ、軽くもてあそんでいるだけだ。受け入れられるとは思っていない。イヤイヤをする美緒を、鹿島は唇を塞いだ。

たっぷり時間をかけてバージンをもらいたい。だが、ウィークデーの下校途中とあっては、怪しまれない時間に自宅に帰さなくてはならない。夜遊びなど決してしないとわかる美緒だ。

これからも若い躰《からだ》を楽しむには、母親の友香に不審を持たれてはならない。

まくれたスカートに手を入れ、木綿のパンティをずり下ろした。

「うぐ……いやあ！」

鹿島の唇から逃れた美緒が叫びをあげた。

「俺が女にしてやる」

「ママに……ママに言うから！　帰してっ！」

母の知り合いと思って信じていた男の豹変ぶりが、美緒には信じられなかった。

パンティをずり下ろした手は、すぐに肉饅頭を撫でまわした。恥毛の感触のない、やわらかくつるつるとした土手だ。

「まだ毛も生えてないのか」

ククッと笑った鹿島は、指で合わせ目を辿った。

「んくっ」

美緒の尻がビクンと跳ねた。

外側の陰唇に指をめり込ませ、小さな花びらに触れると、美緒は、んんんんっ、と鼻から声を出し、躰をこわばらせながらずり上がった。汗の滲んだ顔は真っ赤に上気している。

それを見おろす鹿島は、まだ男を知らない女の戸惑いや焦りや恐怖を、獲物をしとめたオスの快感として存分に味わっていた。

秘部はもわっとしているが、ヌルヌルは出ていない。指を振動させるようにして花びらをもてあそんだ。

「んくくっ！　んんっ！」

尻肉を振って美緒は指から逃れようとする。その美緒の焦りと裏腹に、鹿島は円を描くようにしてゆっくりと花びらをこねまわした。

「くうっ！　くくくっ！」

秘園全体がじっとりと汗ばんできた。

「毎日オナニーしてるか。ココをクリクリされると気持ちがいいだろう。自分の指より男の指でいじくりまわされる方がいいんだぞ」

「いやっ！　んん……やめ……てっ」

美緒が吾朗《ごろう》を思って指を動かすようになったのは、小学六年生の夏ごろからだ。甘やかな想像をしながら花びらをクシュクシュと動かすと、吾朗に愛を囁《ささや》かれているような気がした。火の塊が躰を突き抜けていくような衝撃がやってきたとき、吾朗に思いきり抱きしめられたような気がした。

それが、こんな憎い鹿島の指で触られても、妖しい感覚は訪れてくる。おぞましい気持ちと裏腹に、ジンとせり上がってくるものがある。

指を動かしながら顔の上でニヤニヤしている鹿島に、美緒は憎しみを覚えた。どうしてこんな男が母の知り合いなのかと、友香にまで憎しみの矛先を向けた。

「ああう……ママに……ママに言うわ。許さないから」

「ママに言ってみろ。哀しむぞ。それにな、ママには秘密があるんだ。それを公にしたくないから、俺を黙って家に入れてくれるというわけさ。どんな秘密か聞いてみろ。ママは家出をするだろうさ」

鼻先で笑う鹿島に、美緒は、友香が何か弱みを握られているのを知った。鹿島は友香の知り合いといっても、やむなく屋敷に入れなければならない男だったのだ。それがわかっても、まさか友香が鹿島の昔の恋人で、最近もまた抱かれているとは想像できなかった。

「おお、小さいオマメだ。だが、少し濡れてきたじゃないか」

指先で包皮ごと揉みしだいた。

「くうっ！」

美緒の背中が浮き上がり、総身が痙攣した。内腿が恐ろしいほどにブルブルと震えた。

十二歳なりに気をやった美緒は口を開け、眉間にかわいい皺を寄せている。少女と女を半々にしたような顔だ。

気をやったところで躰をずらし、鹿島ははじめて秘園に顔を持っていった。

「いやあ！」

自分で見たこともない女園を見られる羞恥に、幼いエクスタシーから一気に醒めた美緒は、膝を合わせようともがいた。だが、鹿島が脚の間に躰を割り込ませているので閉じられない。

鹿島は手で太腿を押し上げた。翳りのない肉饅頭の裂け目の内側で、パープルピンクのプルプルした器官が光っている。まるで長い冬が終わって春になり、やわらかい植物の芽が萌え出したときのようだ。かわいくて新鮮で美しい。

鹿島は花びらから細長い包皮に向かって、生あたたかい舌で舐め上げた。大人の女とちがう淀んだ匂いがした。

「くうっ！」

たったひと舐めで、また美緒は気をやって打ち震えた。粘膜がしっとりしてきた。それなりに蜜をこぼしている。

鹿島は素早くズボンを脱いだ。肉柱は血管を浮き立たせて反り返っている。

躰を起こしてずり上がった鹿島は、肉棒に美緒の手を添えさせた。エクスタシーの余韻でぐったりなっていた美緒は、異様な感触にハッとして手を引いた。

「見ろ。でかいマラだろう？　これでオ××コを突いてもらえるんだ。女冥利に尽きるだろう？」

胸のあたりまで腰を進めた鹿島は、躰を浮かせて勃起したものを美緒に見せつけた。

はじめて見る剛棒に、美緒は息を飲んでそそけだった。

幼児のペニスしか見たことがない美緒には、目の前のものは恐ろしく太い肉の槍だ。鉄のように硬く、こんなに大きなものがズボンの内側に収まっていたのが信じられない。

「ナメナメしてくれると嬉しいんだが、きょうは無理だろうな。噛まれちゃ、かなわんからな。こいつをオ××コにズブリと突き刺せば、おまえはその瞬間から女だ。バージンとおさらばできるぞ」

「いやあ！」

犯されるのだ。吾朗に捧げたいと思っていた躰を、この憎い男が犯そうとしている。恐怖に目を見開いた美緒は、これまでにない抵抗をはじめた。

そんな美緒を押さえつけ、冷静に見おろしながら、鹿島は腰をずらして秘芯を探した。

「いやっ、いやっ、いやあ！」

肉棒がくぼみに当たった。わずかに腰を上下させると、秘口の場所が確認できた。

「いい子だ。痛いのは最初だけだからな」

鹿島の腰がグイッと沈んだ。

「ヒイイッ！」

生肉を引き裂かれる激しい痛みに、美緒は息をとめ、喉から声にならない悲鳴をほとばしらせた。

処女の膣は浅い。鹿島はすぐに行き止まりになった壺底で肉根を休めた。苦痛に歪んだ美緒の顔がある。涙が目尻から次々にこぼれ落ちていった。

（母娘とも俺が女にしたんだ）

心地よい征服欲に満たされた鹿島は、美緒の涙を舐め上げた。

「おまえはきょうから俺の女だ。きょうのことを言ってみろ。ママの秘密をオヤジにバラすぞ。離婚になるのは確実だ。いやなら、きょうのことは秘密にしておくことだ」

鹿島の抽送がはじまった。

ふたたび美緒の悲鳴が広がった。

2

「何だか頭が痛いの……」

美緒はうつむきかげんに吾朗に言った。

吾朗に会うのは辛い。家庭教師を断ろうかとも思った。だが、これまで一度も自分の都合で断ったことがなかっただけに、かえって不自然に思われるかもしれないという気がした。

「若いのに頭が痛いとはな。頭痛ぐらいと軽く見ちゃいけないぞ」

心配する吾朗に、美緒の涙腺がゆるくなった。

「夜更かししちゃったからかもしれない……」

「なんだ、寝不足か。夜中に何をしてたんだ。テレビで大人の番組を見てたんじゃないか？　まだ大人の番組は早いぞ」

冗談で言った吾朗に、美緒がすすり泣きはじめた。

「おい、泣くようなことじゃないだろ。どうした」

美緒の泣き顔を久しく見ていなかっただけに、吾朗は慌てた。

きょうの美緒にしろ、こないだの友香にしろ、何かようすがおかしい。直樹と友香と美緒の生活に不協和音が生じている感じはしない。それでも、吾朗は何か不自然さを感じてしまう。

「美緒、何かあったらお兄ちゃんに相談するんだぞ。ママやパパの悪口でも何でも聞いてやる。告げ口はしない。学校のことでも何でも話してみろ。何かあったのか」

美緒は首を振った。

友香の知り合いと信じていた男に犯されたことなど、愛する吾朗に言えるはずがない。軽蔑されるのも辛いが、両親に知られてしまうのも恐い。どういう顔でいっしょに暮らしていけばいいだろう。

『私立じゃ、たとえ中学生でも、学校に知れたら退学だろうな』

解放される直前に鹿島に言われたことも気になった。教師や生徒に知られることは辛すぎる。後ろ指さされては生きて行けない。恐い。鹿島によって犯され、処女ではないという事実の重さが、美緒を四六時中苦しめていた。

「話してみろ」

「何でもない……」

「何でもない奴が泣くのか。泣かせるようなことは言わなかったはずだぞ」

「頭が痛いの。きょうのお勉強はおしまいにして……」

「秘密ってわけか」

吾朗はフンと鼻を鳴らした。ふいに腹立たしくなった。

友香もそうだった。何かあったのかと尋ねたとき、何でもないと言って笑っていた。不自然さなど隠しおおせるものではないのに、ふたりとも何かを隠そうとしている。友香とは血の繋がりはなくても、美緒とは半分同じ血が流れている。喧嘩《けんか》さえしたことがなかった仲のいい異母兄弟だったのに、その兄にも言えないのかと苛立ちがつのる。

「わけを言いたくないなら、わざわざ泣いたりして心配させるな。家庭教師をしなくていいなら帰る」

吾朗は美緒の部屋を出た。

「待って！」

美緒は慌てて吾朗を追った。

「ママには……ママには泣いたってこと言わないで。お願い。心配すると困るから」

「用があるから帰ると言うさ。それでいいんだろう？」

冷たく言い放った。背中でまたすすり泣きがした。だが、吾朗は振り返らずに階段を下りた。

吾朗は美緒に対して腹をたてていたが、それより、友香に対する苛立ちの方が大きかった。そのいらいらが、涙の理由を打ち明けようとしない美緒への不快感を大きくした。

リビングの友香はひとりで雑誌をめくっていた。

「あら……」

吾朗に気づいてビクリとしたその態度が、彼にはまた不自然に思えた。

「もう休憩かしら」

「これから顔を出すところがあるんだ。早めに行くことにした。美緒にも言ってある」

「Tホテルのパーティかしら」

「いや、こんな汚い格好じゃ無理だ。社長の息子と紹介されちゃ、オヤジの立つ瀬がない」

「きちんとしてるわ」

パーティ向きではないかもしれないが、吾朗のパンツとジャケット、シャツにタイの組み合わせは都会的で隙がない。材質もいい。

「ともかく、今夜は別口なんだ」

抱けば壊れてしまいそうな友香を見ているだけで、吾朗はいつものように苦しくなった。

一生に一度でいいからこの美しい継母を抱きたい。二階に美緒さえいなければ……などと、いつにない追い込まれた気持ちになった。一度でも抱くことができるなら、この藤野《ふじの》家から追放されてもいい。そんなことまで脳裏をよぎる。ほんのささいなきっかけさえあれば友香を押し倒してしまいそうだ。

「じゃあ、出かけるから」

このままいては危険だと、吾朗は後ろ髪を引かれる思いで屋敷を出た。

リカがいるなら呼び出して抱くしかない。けれど、ほかの女を友香の代わりに抱く行為に、今夜の吾朗はひどい嫌悪感を感じた。リカに対しても罪悪感を感じた。だが、誰かを抱かずにはいられない気分だ。スレた女も抱きたくない。やはりリカしかいない。金で決着がつくので、面倒なことにならないという思いもある。

二階の窓のカーテンの隙間から、美緒は玄関を出て門の方に向かう吾朗を見つめていた。

「お兄ちゃん……」

振り向かない吾朗への未練に、美緒の頰を新たな涙が伝った。

部屋に鍵をかけた美緒は、ベッドに横になった。スカートを臍《へそ》のあたりまでまくり、パンティを脱ぎ、下半身を剝き出しにした。大きめの手鏡を太腿の間に入れた。

これまで見たことがなかった女園をはじめてこうやって見たのは、処女を失った翌日だ。犯された当日は、精神的なショックと男に貫かれた部分への恐怖に、鏡を覗くことなどできなかった。自分の躰の一部とはいえ、グロテスクな外性器をはじめて見たときはショックだった。

割れ目を広げると左右の花びらがあり、花びらの合わさったところに変な突起があった。突起というのは男の言っていたオマメで、クリトリスだ。それらにも違和感を感じたし、花びらの内側の濡れ光っている部分や、花びらの下方の膣への入口などは、さわるとグニュリと崩れてしまいそうで恐かった。

指でときおり遊んでいたのは、花びらやクリトリスを覆っている包皮の部分らしいとわかった。

しかし、鹿島の恐ろしく太い肉棒が入ったところが納得いかない。肉を切り裂くような激痛だった。無理にこじ入れられたからだが、どんなにそこを眺めても、そんな太いものが入るとは思えない。

これまで指などを秘口に挿入したことはなかった。生理のときにタンポンを使っている友達もまだいない。美緒も興味があって買ったことはあるが、まだ入れてみようと思ったことはない。

美緒はピンクの器官を眺めながら、どうしてもっと早く秘園を見ておかなかったのだろうと悔やんだ。処女のときと今とどう変わったか比べられない。処女膜はどんな感じのものだったのだろう。男を知っているかどうか、裸になれば一目でわかるものだろうか。大きな躰の変化があっただろうか。

友香とは二度といっしょに風呂に入れない。温泉つきのリゾートマンションに行くと、いつも友香や直樹といっしょに風呂に入った。父親とはそろそろいっしょに入るのは恥ずかしくなったが、友香とはいつまでも一緒に入るものと思っていた。

美緒は右の人差し指を舐め、唾液をつけた。肩で喘ぎながら、そっと秘芯に近づけた。

(ほんとにあんなおっきなものがココに入ったのなら、こんな細いオユビぐらい入るはずだけど……)

恐怖のなかで激痛を伴った破瓜《はか》だっただけに、美緒はセックスに対して好奇心など微塵もない。恐いという感情の方が強い。けれど、鹿島にすべてを見られて貫かれた自分の躰に対しては、どんなつくりになっているのか興味があった。興味はあっても、無理に女にされた以上、辛い確認作業のようなものだ。

ピローを置き、そこに鏡を立てかけ、片手で花びらをくつろげると、子宮へと続くパープルピンクのくぼみが恐ろしいものに見えた。

膨らみはじめている乳房が、セーター越しに大きく波打った。鼻から荒い息が噴きこぼれた。白い内腿がブルブルと震えた。

深呼吸した美緒は、秘口に指先を置き、第一関節まで沈めた。わずか二センチほどなので、ほとんど抵抗なくすんなりと入った。だが、それ以上を押し込むのは恐かった。

あのとき見た鹿島の肉棒を思うと、三本ほどに束ねた指を根元まで押し込んでも沈んでしまうはずだ。しかし、あのときと今の秘口は別のもののようだ。どう考えても今の女壺にはそんな太さのものは入りそうにない。

美緒はまた少し、人差し指を押し込んだ。狭い。第二関節まで沈んだかどうかという程度で、膣襞が指の進行をさまたげた。

濡れていない女壺には容易に異物が入らないことを、美緒はまだよく知らなかった。無理に押し込むのが恐く、指を出した。

指さえ入らないところに太いものが入ったことで、中が壊れてしまっているのではないかと不安になった。あの日、破瓜の出血があった。血が止まらなくなるような気がして寒気がした。けれど、出したばかりの指先には血液などついていない。美緒はホッとした。

「お兄ちゃんだったら……きっと痛くなかったよね……やさしくしてくれたよね」

小さく呟くと、また目が潤んだ。

美緒は上半身を倒した。両方の花びらの脇に、そっと指を置いた。花びらを両側から揉みしだくようにしてクシュクシュと動かした。

「ああ……お兄ちゃん」

妖しい感覚は処女だったときと変わっていない。美緒は脚を突っ張るようにして指を動かした。

やさしい吾朗が、いつになく怒った口調だった。振り向かずに階段を下りていき、振り向かずに屋敷から出ていった。嫌われたのかもしれないと思うと辛い。一週間後、家庭教師に来てくれるだろうか。来なくなれば友香が訳を聞くだろう。

「お兄ちゃん……美緒にキスして……美緒を抱いて……美緒をきれいにして」

汚れた躰を元に戻すには、吾朗に抱かれるしかないような気がする。だが、たとえ頼んでも、兄としての吾朗は妹を抱いたりしないだろう。

妹の切ない思いに気づいていない吾朗に、もっと早く気持ちを打ち明けていれば……と、ここ数日、美緒は無意味なことばかり考えていた。もしも、奇跡のように吾朗がその気になって抱いてくれていたら、鹿島の行為を吾朗に打ち明けられたかもしれない。バージンをあんな男に奪われてしまったことで、貝の口になってしまった。

「ああん……お兄ちゃん……美緒の恥ずかしいところにキスして……お兄ちゃんの……お兄ちゃんのソレにもキスしてあげるから」

目を閉じて吾朗を浮かべながら、美緒は指戯をつづけた。

美緒はまだしたことのない男性器へのキスを、吾朗にしたかった。七つか八つのころまで吾朗といっしょに風呂に入った。吾朗にあって自分にないペニスが欲しくて、つかんで引っ張ったこともある。

『バカ。やめろ』

吾朗はそんなとき、すぐにうしろを向いて舌打ちしたが、怒っているふうでもなかった。つかのま握ったそのペニスは、鹿島が目の前に突き出したペニスのように大きくはなかった。

「お兄ちゃん……はああっ……恥ずかしいよ」

美緒の脳裏に浮かぶ吾朗は、美緒の脚を大きく広げ、花びらをいじりまわした。そして、そこに唇をつけてチュッと音をさせた。

「んんんっ！」

ひときわ強く花びらを揉みしだいたところで、絶頂の波が押し寄せてきた。背中が弓なりになって硬直し、尻肉がヒクヒクと痙攣した。膣口も細かく痙攣して震えた。

3

下校途中に鹿島に呼び止められ、クイーンサイズのベッドのあるマンションに美緒がふたたび連れ込まれたのは、処女を失って五日後だった。

逃げ出せば両親や学校に、ことの次第を洩らされるのではないか……。あまりにもまじめに生きてきただけに、美緒は鹿島の言いなりになるしかなかった。

「ママに言わなかったようだな。お利口さんだ」

ベッドに腰掛けて抱き寄せると、美緒は総身に力を入れて拒んだ。かわいい制服のブラウス越しに、鹿島は乳房をつかんだ。

「痛っ」

身をよじった美緒の隙をついて唇を合わせた。

「うくくっ」

頭を振りたくる美緒は、舌を入れさせまいと、唇をキッと閉じている。

唇をつけたまま、鹿島はスカートの裾から手を入れた。ビクリとした美緒が動きをとめた。素足にソックスしか穿いていないので、パンティにすぐ手が届いた。ずり下ろすのも簡単だ。

「やっ！」

破瓜の痛みを覚えているだけに、美緒の躰は恐怖にこわばった。

「すぐに気持ちよくなるんだぞ」

野獣の目をした鹿島が、唇をゆるめた。

「いやっ！　やっ！」

パンティが膝まで下りたとき、美緒は鹿島を闇雲に蹴り上げた。足先はちょうど鹿島の股間に当たった。

「うっ！」

鹿島は息をとめた。

美緒は素早くパンティを引き上げた。歯を食いしばった鹿島は、片手で股間を押さえながら、逃げようとしている美緒の胸をグイと押した。

「あっ」

ベッドに倒れた美緒のスカートがまくれ上がった。

「チクショウ！　男の急所を蹴りやがったな。おまえのオマメをちょん切ってやろうか。えっ？」

怒りと痛みの形相に、美緒は想像以上に鹿島を怒らせたことを知った。鹿島の総身からただならぬ気配が漂っている。

「フェラチオしてもらうぞ。うまくできるまで帰さないからな。嚙んだりしたら絞め殺してやる」

鋭い視線に射すくめられ、美緒は本当に殺されるかもしれないと思った。哀しくて涙がこぼれた。

「ごめんなさいは言えないのか！　泣いたって許さないぞ」

丸見えの白い木綿のパンティを一気に踝《くるぶし》まで引き下げると、美緒は肩先を震わせながらしゃくりあげた。

「謝らないなら素っ裸にして外に放り出してやろうか。えっ？」

踝から抜いたパンティを床に放ってスカートのホックをはずすと、美緒は全身でイヤイヤをした。

「ご……ごめんな……さい……ヒック」

しゃくっているので言葉が途切れた。

「よし、ひん剝いて外に放り出すのだけは勘弁してやる」

恐怖のために抵抗をやめた美緒を、鹿島はさっさと裸にした。

膨らみはじめた小さな乳房はせいぜいAカップだ。乳首が少し沈んでいる。翳りがないので、一直線に切れた大陰唇がふっくらしている。どう見てもまだ未発達の女だ。

鹿島はロリコンではないが、あまりの美形で、しかも友香の娘ということもあり、美緒に手を出してしまった。こうなれば、自分の手で好みの性技をとことん教え込んでみようかという気にもなる。

鹿島は裸になった。美緒の怯えと反対に、肉棒は堂々と反り返っている。

剛毛のなかから立ち上がり、独立した生き物のようにヒクリと鎌首をもたげる剛直に、美緒は身震いした。勃起した肉棒はまだ恐いだけだ。側面を這うミミズのような血管も不気味だ。

「フェラチオしろ」

美緒は鼻をすすりながらピンク色の唇を半開きにして震えている。濡れた大きな目を鹿島に向け、身動きしない。

「フェラチオしろと言ったのが聞こえないのか！」

「フェラ……チオって……何？」

「何だとォ？　クンニリングスだって知ってるだろ」

「知らない……」

ヒクッとしゃくって、美緒がかすれた声を出した。

「チッ、フェラもクンニも知らないだと？　嘘だろ」

「知らない……もん」

嘘ではないらしいとわかり、鹿島は拍子抜けした。

これまでベッドインした女でいちばん若いのは十三歳だった。中一の後半の女で、見た目は高校生のようだった。新宿で声をかけられ、小遣いをくれるなら処女をあげてもいいと言われた。バージンのはずがないと思ったが、精力があり余っていたのでホテルに行った。学生証を見せられ、本当に十三歳とわかった。思ったとおりバージンではなかったが、呆れるほどフェラチオがうまく、バックからしてだの、騎乗位をしてみたいだの、呆れた女子中学生だった。

十五、六歳になると、中高生というより風俗嬢かと思えるような女もいた。そういう女を何人も相手にしてきただけに、クンニリングスもフェラチオも知らないという美緒は、滅菌室でだいじに育まれてきた特別の生き物としか思えない。

「クンニリングスというのはオ××コをナメナメすることだ。フェラチオというのは、こいつを」

鹿島は太い肉棒を握った。

「パックリ咥えてしゃぶることさ。わかったらしゃぶれ」

もともと大きい目を、美緒はさらに見開いた。細い喉が動いてコクッと鳴った。首を振り、許してという目を鹿島に向けた。

「こないだ、おまえのオ××コを舐めてやったんだ。きょうは俺のマラをしゃぶって当然だろう。やれ。できないとは言わせないぞ。嚙んだら絞め殺すからな。さあ、さっさとしゃぶれ！」

怯えている美緒を乱暴に引っ張り寄せた。

肉茎を目前にした美緒は、口を閉じ、荒い息を鼻から噴きこぼした。剛棒を咥えそうにない美緒を見て、鹿島はその鼻をつまんだ。

「くっ！」

息ができなくなった美緒は、反射的に口を開けた。

「噛むなよ。わかってるな」

美緒の鼻をつまんだまま、鹿島は片手で後頭部を引き寄せた。

「うぐ……」

むりやり咥えさせられ、亀頭が喉につかえそうになった。ようやく鹿島の指が鼻から離れた。

「動け。頭をこうやって」

「うぐぐ……」

鹿島は両手で美緒の頭をつかみ、前後に動かした。肉根の太さに、美緒の顎がはずれそうになった。

「唇を丸くしろ。歯を立てるな。口を開けてりゃいいってもんじゃないんだ。キャンデーをしゃぶる要領でやってみろ」

鹿島が頭から手を離すと、美緒はそのまま動かなくなった。

「しろ！」

顎がはずれそうな美緒は、口を開けておくだけでも苦痛だった。小鼻をひくつかせながら鼻で息をした。心臓がドクドクと激しい音をたてた。鼻から洩れる湿った息が茂みを濡らしていった。

「しないなら考えがあるぞ」

鹿島の脅しにも、美緒は身動きしなかった。ただ肉棒を咥えたまま息だけしていた。

「よし、わかった。おしゃぶりしないなら」

「あうっ」

腰を引いた鹿島は、美緒をうつぶせに倒した。背中にかぶさって押さえ込み、コンドームを右の人差し指にかぶせた。

「おしゃぶりしないからお仕置きだ。前じゃなく、うしろのアナポコに指を突っ込んでやる。うしろも慣れるといいもんだぞ」

「いやあ！」

何をされるかわかり、美緒は手足をばたつかせた。だが、うつぶせに押さえ込まれていては、抵抗らしい抵抗もできない。

女になりきっていない丸みの少ない尻を、鹿島はニヤニヤしながら撫でまわした。汗で皮膚がじっとりとしている。肉が堅いのは、双丘の谷間に触れられまいと、美緒が力を入れているせいだ。ということは、菊蕾も堅く閉じているだろう。

わざとゆっくりと谷間に向かって指を這わせていった。美緒は躍起になって肩先と尻たぼを動かしている。すぼんでいる双丘に手を入れると、動きが激しくなった。

「いやっ！」

すぼまり近くに指を滑らせると、それを振り払うように尻が大きく揺れた。見境もなく尻を振りたくっている美緒は、白い肌を桜色に染めている。汗が総身にじっとり滲み、激しいスポーツをした直後のようだ。発散される体温に若いエキスが混じって、部屋中を獲物の匂いで満たしていく。

菊口に指を近づけた鹿島は、縮緬《ちりめん》のような皺をコンドームをつけた指先で揉みほぐした。

「んんっ……やっ」

おぞましさに鳥肌だった美緒は、菊蕾を精いっぱいすぼめた。

「力を抜かないと、ケツの穴が裂けちまうぞ。今から痔になっちゃ、恥ずかしいだろ」

美緒が必死なだけ鹿島には面白かった。

「しないで。いやっ」

菊皺を揉みしだいていると、ときおり堅いすぼまりからフッとの力が抜けることがある。力を入れつづけることができないのだ。そこを見計らい、鹿島はコンドームをかぶせている人差し指を、第一関節まで押し込んだ。

「ヒッ！」

どっと汗をこぼし、美緒が硬直した。

「フフ、怪我をしたくないなら動くなよ」

手だけ伸ばして尻をいじりまわしていた鹿島は、ようやく美緒の背中から躰を起こし、粟立った尻をじっくり見つめた。

指先を菊口に押し込められて動くことができない美緒は、激しい息づかいをしているが、凍りついたようにじっとしている。

鹿島は堅いすぼまりに咥えられた指を、ほんの少し動かした。

「うくく……」

薄気味悪さに美緒の肌がざわついた。

鹿島の指は動いているようで、挿入した深さは変わっていない。堅い菊口にギリリと咥えられ、軽く動かしたぐらいでは沈めることも出すこともできない。指を動かすだけ、菊口が凹凸を繰り返すだけだ。

「おしゃぶりする気になったか。まだなら、指を二本入れるぞ。ケツを触られて濡れてるんじゃないだろうな」

鹿島は遊んでいた片手で、まだ無毛の花園を探った。柔肉のあわいを割って花びらをもてあそぶと、あっ、声をあげた美緒の菊蕾がすぼみ、また指を締めつけた。

未熟な女だけに、まだ蜜のヌルヌルが出ていない。器官の周囲がじっとりしているのは汗だろう。

花びらをプルプルとやると、尻がピクッと浮き、菊蕾が閉じた。

菊口に入り込んでいる指の気色悪さにゾッとし、花びらをいじる指にはカッと火照《ほて》り、美緒はふたつの相反する感覚の前で頭がおかしくなりそうだった。

「あああ……許して……お、おしゃぶりします……指、いや」

シーツを握りしめている美緒は、うつぶせた顔を横向きにして訴えた。いっときも早く、この恥ずかしく気色悪い状況から逃れたかった。

「おしゃぶりをする気になったか。それなら、ご褒美をやっておこうか」

鹿島はうしろに指を押し込んだまま、ベッドと腰の間に忍び込ませたもう片方の手で、花びらと肉の豆を揉みしだいた。

「んくくく……やめてっ……ああう……いや」

菊口に押し込まれた指のため、美緒は逃げることも、躰を動かすこともできなかった。鹿島の指が秘芯をいじりまわしているため、妖しい感覚が急激にせり上がってくる。

「あう……やめて……」

シーツを握りしめている手が汗でベトベトになった。もうじきあの感覚がやってくる。そのときの衝撃で躰が動くのが美緒は恐かった。

「しないでっ！　くううっ！」

尻たぼが跳ね、美緒の腰から総身に向かって痙攣が広がっていった。菊口がキリキリと鹿島の指を締めつけた。美緒の肌は汗で銀色に光った。

鹿島は菊蕾から指を抜いた。

前とうしろを同時に責められて果て、美緒はぐったりとなっている。

「風呂だ。それからおしゃぶりだぞ」

すぐには起き上がれそうにない美緒を抱き起こし、風呂まで引っ張って行った。

美緒にシャワーをかけると、ポニーテールの長い髪が濡れていった。鹿島は自分もシャワーを浴びた。それからまた寝室に引き戻した。

ベッドに仰向けになった鹿島は、元気のいい肉棒を握って、ことさらしごき上げてみせた。

「さあ、おしゃぶりしろ。さっさとしないと帰れなくなるぞ」

美緒ははじめて指の入った菊蕾の気味悪い感触を思い出し、二度とそんなことをされたくないと、腹這うようにして太い肉根を口に含んだ。だが、どうしたらいいかわからない。

「顔を動かせ。ナメナメするんだ。舌を動かせ」

腰を突き出した鹿島に、美緒はゆっくりと顔を沈め、また浮かせた。

「舌でマラのまわりを舐めながら顔を動かすんだ」

そんなことを言われても、両方いっしょに動かすことができない。咥えているだけでも精いっぱいだ。

「チッ、不器用なやつだ。咥えて吸い上げながら、タマタマをモミモミしろ」

頭のなかがゴチャゴチャになった美緒は、剛棒を咥えたまま動けなくなった。

「上手にしゃぶるようになるには時間がかかりそうだな」

鹿島は自分で四、五回腰を突き上げ、フェラチオをあきらめた。

美緒は解放されるとホッとしたが、すぐに鹿島に押し倒され、太腿を押し広げられた。鹿島の顔が秘園にめり込み、ふるふるとした器官を舐め上げた。

「ああっ！　いやっ！」

強すぎる刺激に、美緒は鹿島の頭を押した。

チュブッ。花びらと空気がいっしょに吸い上げられ、恥ずかしい音を出した。

生あたたかい舌は花びらの脇まで舐めまわし、秘口に潜り込んだ。

「んんん……」

自分の指で遊ぶだけでは決して得られない妖しい疼きに、美緒は鹿島の頭を押しのけるのを忘れ、尻をくねらせながらずり上がっていった。ずり上がるだけ、鹿島の頭も上がってくる。ピチョピチョと破廉恥な音がつづいた。

「ああう……いや……だめ」

またあの衝撃が近づいている。大きく足を広げられた美緒は、頭がベッドヘッドに届き、ずり上がることができなくなった。

そのとき、衝撃が突き抜けていった。

「くうっ！」

気をやった美緒がわかり、鹿島は顔を離した。女になったばかりのピンクの秘口が一人前にひくついている。ねっとりしたものも出ている。

こないだと同じ正常位で、鹿島は美緒を突き刺した。

「んんっ！」

中心を貫かれた美緒が大きく口を開けた。

「どうだ、二度目は楽だろう」

窮屈な膣襞に快さを覚えながら、鹿島はゆっくりと抜き差しした。

「いや……」

ほとんど聞き取れない声だった。深々と総身を貫いている肉の杭に、美緒はまだ恐怖しか感じなかった。

鏡でこっそり見てみた女の器官。指を入れてみた女壺。そこには太い肉棒など入るはずがなかった。けれど、鹿島のあの大きな肉根が、再び自分を刺し貫いている。

美緒は唇を小刻みに震わせながら、怯えを含んだしゃくるような息をしていた。

「もっといい顔をしたらどうだ。もう痛くないはずだ。こんなふうにやると」

鹿島は抜き差しだけでなく、腰を丸く動かし、膣襞にそって肉棒を動かした。

美緒は何をされているのかよくわからなかった。この恐ろしい時間が過ぎ去ってくれるのを待つばかりだ。

いい顔をしない美緒に、鹿島は小さな乳首を指の腹で揉みしだきはじめた。美緒が膣での快感をすぐに得られるとは思っていないが、甘い声のひとつもあげさせたいのはオスの感情だ。

指や口で触られ、美緒がエクスタシーを迎えたのはわかっている。だが、いかにも心を置いてきぼりにして、躰だけが反応してしまったという感じしか受け取ることができない。

もっと悶えさせたい。男を前にすると濡れるような女にしたい。翳りも生えていない女には無理かもしれないが、育ちのいい美少女だけに、鹿島の欲求はふくらんでいった。

「あん……」

乳首を揉みしだく指に、美緒がかすかな反応を見せた。細い肩先をくねりとさせた。鹿島は上半身をかぶせ、乳首を軽く吸い上げた。

「ああん……」

鼻から息を噴きこぼしながら、美緒がようやく少しばかり甘ったるい声をあげた。

唇の先でこぼれそうに小さな果実を挟んだり、舌先でつつくようにしながら、手は密着している下半身に差し込んだ。肉の豆を揉んだ。

「ああっ、しないでっ！」

乳首と肉芽をいっしょに責められる経験のなかった美緒は、あまりの快感に尻をガクガクさせた。中心を太いもので刺されているので、腰を動かすことができない。逃げられない。

「しないでっ！　おかしくなるっ！　ああ、もう許してっ！　くうっ！」

肉芽でエクスタシーを得たらしい美緒が、弓なりになって打ち震えた。ただでさえ狭い膣襞が収縮によって剛直を締めつけた。

「おおっ……」

鹿島は微妙な膣襞の感触を味わいながら、気をやらないようにと下腹部に力を入れた。激しい鼓動を立てている胸から顔を離した鹿島は、子供の顔をした美緒が、成熟した女と同じように口を開け、眉間に皺を寄せて頭を反り返らせているのを見おろした。

「オマメはよく感じるようだな」

笑いを浮かべた鹿島は、本格的な抽送をはじめた。

第四章　密室の猥技

1

「これで最後にして……」

神林《かんばやし》の誘いを断りきれなかった友香《ゆか》は、裸に剝かれていた。神林がまだ衣服をつけたままなので、よけいに恥ずかしい。

乳房と秘園を隠し、ベッドの上でうつむいている友香の恥じらいに、神林はわくわくした。

「私と楽しくプレイをしてくれるなら、鹿島《かしま》夫人への報告書は決して渡しませんよ。ともかく、色っぽい奥さんが気に入ったんです。鹿島氏が奥さんと離れられないのも理解できますよ。だからこそ、鹿島夫人の依頼に対して裏切れるんです。そのうち、ほかの興信所に夫人が調査を依頼するんじゃないかと、ヒヤヒヤしながら偽の報告書を渡してるんです。真実が知れれば夫人に刺されるかもしれません。危ない橋を渡ってるってことを評価してください」

そんなことを言われると、これまで神林に聞いてきた鹿島夫人像が恐ろしく、友香はことを荒立てないためには、これからも神林の言うことを聞くしかないのかと救われない気持ちになる。

「しかし、たまには外でのセックスもいいもんでしょう?」

いかがわしい薬を塗ったタンポンを、大型書店の一角で挿入するよう命じられた日のことは、思い出したくもなかった。すぐ近くのビルの非常階段の踊り場で、立ったまま犯される結果になった。

簡単にショックは癒えず、あの日は平静を装うことができなかった。夫の帰りも待たずに寝室に引っ込んだ。ビデでいくら女壺を洗っても、直樹《なおき》に抱かれれば中が不自然なことを気づかれる気がした。直樹が求めなかったのでホッとした。

「奥さん、私の言いなりになってくれれば、決して家庭が壊れることはありません。私は奥さんを悦ばせてやりたいだけなんです」

言葉を切った神林は、クロコダイルの高価なアタッシェケースを引き寄せた。

「きょうから奥さんの知らない悦びを教えてあげますよ」

こんなときにアタッシェケースを開ける神林に、友香は鹿島と自分に関する写真や書類でも出てくるのかと思っていた。

だが、鹿島がまず取り出したのはロープだった。

「縄化粧からはじめますよ」

何のこと……？　と尋ねるように、色っぽい唇をかすかに動かした友香に、神林が片方の唇を持ち上げた。

「手はうしろにやってください」

「いったい……」

どうやらくくられるらしいとわかり、友香は身構えた。

「女というのは、くくられると色っぽくなるものなんです。特に、奥さんのような人は」

縄を手に、神林は薄ら笑いを浮かべた。

「いや……」

拘束されてしまえば何をされても抵抗できない。先日のこともあり、友香はまた非情な薬を染み込ませたタンポンを押し込められるのではないかと思った。全身が拒否反応をおこした。尻であとじさった。

「怯えた顔はなんとも言えませんね。そんな顔をして逃げようとする奥さんだから価値があるんです。いたぶる甲斐があるっていうものです」

神林の広い額には、脂とも汗ともつかないものが浮き出ている。小太りの背の低い男とはいえ、友香の力でかなうはずがない。それでも、アブノーマルな言いなりに従うほど、あきらめはよくなかった。

抵抗するだけ抵抗しよう、そして、何とかあきらめさせるしかないと、また友香はわずかに尻であとじさった。そのとき、素早く動いた神林が、友香の目の前に迫った。

「ヒッ！」

短い叫びと、腕をつかまれたのは同時だった。

「いやっ！」

あらがう友香をねじ伏せ、背中を膝で押さえつけながら、神林は手慣れた動きでいましめを施していった。

うしろで重なった腕の、手首よりやや二の腕に近い部分をまず二巻きして留める。これで友香は手を使えなくなった。

「いやいやいやっ」

手首を抜こうと、友香は躍起になった。頭を右に左に動かした。白いシーツの上で、黒髪が生き物のように暴れた。

手首をくくったあとに余った縄を胸にまわすため、神林は友香の半身を起こした。

肩先の激しい喘ぎが、友香の怯えと焦りを表している。乳房も波打ち、汗ばんでいた。上昇した体温の、その熱気が神林にも伝わってくる。

肩をくねらせて抵抗する友香の乳房の上方に縄がまわった。次の一巻きは、乳房の下方をまわり、背中で留められた。上下から乳房を絞られたため、大きな膨らみは、熟れ落ちる寸前の果実のように危うげに見えた。

おそらく、友香にとっては生まれてはじめてのいましめだろう。これからどんな扱いをされるのかとおののいている。

見ひらいた目。鼻からこぼれる荒い息。ねっとりした総身の汗。喘ぐ乳房。乱れた髪。友香が美しければ美しいほど、上品であればあるほど、縄は神林の思いどおりに獲物を際だたせた。

「旦那さんも不倫相手も、こういうことはしてくれないでしょう？　セックスというのは、オ××コにムスコを入れればいいってもんじゃないんです。セックスというのは」

神林はひと呼吸おき、自分のこめかみのやや後方を人差し指でつついた。

「ココの遊びだ。本番をやるだけしか能がないやつは、ただの動物だ。利口なやつは趣向を凝らす」

絞られた乳房の真ん中の果実を、神林は軽くこすった。

「あう……」

ヒクリとした友香は、肩をよじって乳房を隠そうとした。また神林の指が乳首を軽くもてあそんだ。

「んんっ……」

うしろ手にいましめられているため、乳房が無防備だ。触れてくださいと言わんばかりに突き出されている。そして、いつもより敏感になっている。

「奥さんには縄が似合う。あとで記念写真を撮りましょう。旦那さんも惚れなおしてくれるでしょうよ」

「いや……」

直樹に知られたら家庭は崩壊する。それより、夫にこんな姿を見られると思っただけで、暗い穴底に引きずり込まれていくような不安にさいなまれた。

友香を引き寄せた神林は、乳首をそっと嬲《なぶ》りながら、唾液をたっぷり含んだ舌で頰を舐め上げた。顔をそむける友香をもてあそぶように、耳たぶ、鼻、顎と、舐めまわしていった。

「んくく……」

おぞましい舌を避けるため、右に左に顔を動かす友香は、いっときも止まらない乳首への責めに悶えた。乳首が堅くなっている。神経がいつもより過敏になり、しかも、乳首に集中している。

「あはあ……いや」

頭と肩と腰がそれぞれに悩ましくくねっている。鼻にかかった声はオスをゾクリとさせる。

泣きそうな顔をそむけるたびに鼓動が速くなっていく。

「どうです？　縛られて触られるのもいいものでしょう？　乳首がこんなにコリコリしてるってことは、オ××コは潤らしたように濡れてるはずですよ。そうでしょう、奥さん？　欲しいと言ったらどうです。言うまでねっちり責めますよ」

友香を倒した神林は、乳房を鷲づかみにした。

「最初の日のこと、覚えてますか？　乳首だけを責めていたら、奥さんは、そこだけはイヤと言ったんです。だから私は思いきり突いてあげたんですよ。もうそろそろ限界でしょう？」

目を細めると、ふたたび乳首を舐めまわし、吸い上げた。

「くうううっ……」

敏感になりすぎている乳首一点への愛撫に、秘芯がズクリと疼き、総身の皮膚がそそけだった。舐めまわされ、舌でこねられ、つつかれ、甘噛みされ、いじりまわされるだけ、肉芽や膣襞までが脈打ってくる。連続して皮膚が粟立つたびに、蜜がドクッと音をたてて溢れ出しているようだ。

「あはあ……しな……いで」

肩をくねらせ、尻を動かすことしかできない。感じすぎるのは苦痛だ。疼く女壺を癒すには、乳首への執拗な責めをやめてもらうか、太いもので突いてもらうしかない。

「脚を大きく開いたらどうです？」

顔を上げた神林が、荒い息を吐いている友香を見てニヤリとした。

友香は即座に首を振った。

また乳首に対する責めがはじまった。軽く乳首の先を舐め、唇で軽くはさむ。そのソフトなタッチが女にとってはこらえきれない刺激となるのを、神林は知っている。

強い刺激より、弱い刺激を執拗に続ける方がいい。エクスタシーを得られない半端な快感に、不感症でない限り、女は降参する。降参するのを待ちきれずに肉棒を与えてしまうようでは、本当の男の楽しみなど得られないのだ。

「はあああっ……」

すすり泣くような喘ぎを洩らしながら、友香は豊臀をシーツにすりつけ、内腿どうしをこすりつけていた。

「やめて……お願い」

「だったら、どうすればいいんです？」

顔を離した神林は、乳首を指でつまみ、責めつづけるのを忘れなかった。

友香は鼠蹊部を細かく震わせながら、遠慮がちに脚を開いていった。だが、三十度ばかりの角度で止まった。

「たったそれだけで、オ××コの底まで見えると思ってるんですか。裂けるほど開くんですよ、奥さん」

小鼻を膨らませてひときわ大きく喘いだ友香は、自分で破廉恥に脚を開く恥ずかしさにためらいを見せた。だが、乳首で動きつづける神林の指に、ついに九十度ほどに脚を開いた。

ヌルヌルの蜜にまぶされたピンクの粘膜と、汗に濡れた翳りが、羞恥に身悶えている友香の姿とちがい、貪欲に性をむさぼろうとしているように見える。

会陰から菊の蕾に向かってしたたる蜜が、シーツに大きなシミをつくっていた。秘口の左右を、ねっとりと粘着性のある蜜液が橋をつくっている。すぐにでも結合を望んでいるとしか思えない。

「奥さん、オシッコを洩らしたみたいに濡れてるじゃありませんか。発情してるみたいですね。私は発情していますと正直に言ってみてください」

「いやっ！」

神林の視線と破廉恥な命令に耐えきれず、友香は太腿をつけた。

「こないだのタンポンを押し込んでもいいんですよ。乳首をもてあそばれるより辛いことになりますよ」

アタッシェケースを引き寄せた神林に、友香は首を振り立てた。

「しないで……私は……私は……発情しています。いやあ！」

破廉恥な言葉を口にしてしまった情けなさと羞恥に、友香は取り乱して総身をよじった。

うしろ手にいましめられているため、顔を隠すこともできず、脚を閉じてうつぶせになった。秘園は隠れたが、くびれた腰と豊かな尻肉が、なだらかな双丘になって横たわった。

羞恥に耐えきれずにうつぶせた友香を、神林は目を細めて見おろした。尻を撫でまわすと、双丘がキュッと閉じた。汗でじっとりとなった尻肉は、ほどよく熟れているだけに誘惑的だ。うつぶせていれば身を守れるとでも思っているのか、友香はピタリとシーツに胸を押しつけている。

神林はアタッシェケースからバイブとアナルビーズを出しながら、薄ら笑いを浮かべた。おかしくて、もう少しで、クッ、と声が出そうになった。

柔肉をねとつかせている蜜が乾かないうちにと、うしろから秘園に手を突っ込み、人差し指と中指でぬめりを掻き寄せた。

「うくっ」

隙をつかれた友香は、いっそう堅く腰をシーツに押しつけた。それをあざ笑いながら、神林は指にたっぷりとまぶされた蜜を、菊蕾に塗りつけた。

「ヒッ！」

予想していなかった部分に触れられ、友香の尻肉が収縮した。

ぬめりを塗った双丘の谷間がせばまったのを見た神林は、そこを指でVにくつろげた。

「いやっ！」

指を振り払うように、尻が左右に揺れ動いた。だが、Vになった神林の指もいっしょについていった。

直径二センチほどのイミテーションのパールを繋げたネックレスのようなものを、神林は潤滑油がわりの蜜が乾かないうちにと、素早く菊口に押し込んだ。

「ヒイッ！」

菊蕾に異物を押し込まれたのがわかり、友香の皮膚はたちまち粟立った。

意識して収縮した双丘の谷間が、しばらくして、力つきて弛緩《しかん》した。そのときを逃さず、神林はふたつめのパールを押し込んだ。

「ヒッ！」

気色悪さと屈辱に、友香は今度は菊蕾を守ろうと躰《からだ》を回転させ、仰向けになった。残りのパールが尻肉の下でゴツゴツとした。

「奥さん、パールのネックレスが本物でなくて申し訳ないんですが、汚いもので曇ってはもったいないですからね。出してみればわかるんですが」

異物を押し込まれたことに屈辱を感じていた友香は、もっと恥ずかしいことがこのあとにおこるのだとわかり、全身がいちどきに火照《ほて》った。腋下からタラリと汗がしたたった。

「尻尾をぶら下げたままでは帰れないでしょう？　手が使えないんじゃ、自分で出すわけにはいきませんからね」

友香は喉を鳴らした。唇が乾いた。

「こっそりと自分で出したいのなら、お利口さんにすることです」

辱《はずかし》めないで……。そう口にしようとしたが、神林に聞き入れてもらえるはずがない。友香は異物の挿入されている尻たぼを見られまいと、仰向けになったまま石のようになった。

「奥さん、うしろ手に縛られたままじゃ動きにくいかもしれませんが、まずはお利口さんになる証に、尻を突き出してほしいんです。四つん這いにはなれないんで、頭をシーツにくっつけて、尻だけ高くかかげてほしいんですよ」

友香の脳裏は一瞬、真っ白になった。恥ずかしいものを挿入され、そこを躍起になって隠そうとしているのに、突き出して見せろと言われているのだ。

「いやなら、この場でアクセサリーを引き出しますよ」

フフと笑いながら近づいた神林に、友香は反射的に半身を起こし、膝を折って背中を丸めた。手を使えない友香のせめてもの保身の体勢が、丸くなることだった。

神林は友香の肩先をグイと押した。

「あう」

友香はあっけなくひっくり返った。

「待って！」

拘束された身では、どう頑張ってみても抵抗できない。友香は神林に屈服した。

「待ってる時間はないですよ」

始終丁寧な言葉だが、口調は脅迫めいている。

屈辱に総身を震わせながら、友香は上半身を倒し、頭をシーツにつけた。それだけでも、顔から火が出るほど恥ずかしかった。このうえ、尻をかかげるような恥ずかしい真似はできない。

ためらっている友香を知り、神林は背中を押さえつけた。尻で揺れているパールを、またひとつ菊壺に押し込んだ。

「三つ沈みました。これからゆっくり出しましょうか」

「ゆ、許して！　お尻を上げますから！　出さないでっ！」

神林を追い払うように、汗まみれの友香は左右に尻を振りたくった。それから、アナルビーズを揺らしながら、豊満な女の尻を高くかかげた。屈辱に、白い内腿の震えが止まらなくなった。顔をシーツにめり込ませた。

「よしと言うまでそのままですよ。動いたら今度は容赦しませんよ」

神林はカメラを出し、破廉恥な友香の姿をファインダーから覗いた。菊口からぶら下がっているパールが、翳りに囲まれた柔肉の狭間に垂れている。パールはいっときもじっとしていない。揺れが友香の震える心を表している。

「奥さん、きれいな顔を見せてください。こっちを向いてください。命令です」

友香はやむなく顔を動かした。

ストロボが光った。

「いやあ！」

カメラをかまえていた神林に気づかなかっただけに、友香は一瞬の光に動揺した。

「尻尾をつけて、そそる格好をしている奥さんの記念写真、この次までに大きく焼いておきますよ。これで奥さんの密会写真だけでなく、破廉恥写真まで撮れたわけです。いっしょに見せられれば、誰だって奥さんが鹿島氏とこういう破廉恥なプレイをしていると思うでしょうよ」

ゆったりと笑った神林は、愕然としている友香におかまいなく、カメラを置いて黒く太い張形を握った。

「いやらしい奥さんのオ××コを、まずはこいつでじっくりこねまわしてあげましょう。ヒイヒィよがってください」

疑似ペニスをパックリと口に入れて唾液をまぶした神林は、またも躰を起こした友香を、ベッドの隅に追いつめた。

「尻にパール、オ××コに巨根。本当はわくわくしてるんじゃないですか？」

引っ張り寄せ、ひっくり返し、腰をつかんで持ち上げた。尻が空に浮いた。うしろ手にいましめられたままの友香がもがいた。だが、張形は、花びらの内側のねっとりした粘膜に触れるや否や、ズブリと沈んでねじ込まれていった。

「くうう……」

鼠蹊部が硬直した。

神林の手が前後に動きはじめた。

鹿島からの電話がない。二度も唐突に屋敷にやってきているだけに、友香は不安でならなかった。

興信所の神林が、毎日こっそりと屋敷を見張っているのではないか。そして、鹿島がやってきたら、今度こそ依頼人の妻に報告するのではないか……。

不安はそれだけではなかった。鹿島とのラブホテル前でのツーショットより、もっと重大な写真……。神林に撮られた破廉恥な写真が存在するのだ。

2

「ママ……きょうはちょっと遅くなるんだけど」

トーストを半分残した登校前の美緒《みお》が、友香の目を見ないで言った。

「お友達のところ？」

「亜衣《あい》ちゃんとお話ししたいの……お夕食は食べてくるから。亜衣ちゃんが作ってくれると思うの……」

進学してすぐに仲よくなったクラスメートの名を出した。

「亜衣ちゃんはお料理が好きって言ってたものね」

それ以上追及しない友香に、美緒はホッとした。

最近、鹿島にたびたび呼ばれ、帰りが遅くなる。いつ本当のことを知られてしまうかと、美緒ははらはらしていた。友達の名を適当に口にしてごまかしている。けれど、いつかは知られてしまうだろう。友香より先に学校に知られてしまえば、退学はまぬがれないはずだ。

友香は自分にふりかかっている災難のことで頭がいっぱいだった。最近の美緒のようすがおかしいことにも、まったく気づいていなかった。

「ママ……夏休みは海外に行きたいわ」

外国まで鹿島はついてこないだろう。

「いいわね……そうね、夏休みは海外に行きましょう」

友香も美緒と同じことを考えた。海外にいる間は、神林も鹿島も手を出せないだろう。

「でも、パパは忙しいわね……」

「ママとふたりでもいいじゃない」

美緒はコクリと頷き、唇だけで笑った。

土曜にやってくる吾朗と以前のように話せなくなった。吾朗に対してわだかまりを持つようになった。吾朗も何かを感じているらしい。待ち遠しかった家庭教師の日が、今では苦痛でしかない。友香がふたりのチグハグさに気づいていないのが、せめてもの救いだ。

「じゃあ、行ってきます」

美緒が出かけると、友香は、やがてやってくるお手伝いの文子《あやこ》とふたりになる。文子は九時から四時までの勤務だ。掃除、洗濯、買い物、食事の用意などをして帰る。夕食だけでなく、翌日の朝食の簡単な添え物なども作っていく。

「愉快な不動産屋さん、このごろいらっしゃいませんね」

新聞に目を通している友香に、文子がコーヒーを出しながら言った。

友香は内心、ドキリとした。

「別荘を買う気はないから……」

「でも、いいところだとおっしゃってたじゃありませんか」

「主人にはまだ話してないの……だって、大学時代の昔の知り合いに勧められて買うなんて変でしょう？　結婚してるのに、男の人が訪ねてくるなんておかしいと思われたらイヤだもの……」

鹿島とは何でもないのだと思わせておきたかった。

文子は土曜は早めに帰る。日曜は休日になっている。めったに直樹と顔を合わせないので、今のところ、余計なことをしゃべられずに済んでいる。

「奥様、誰もおかしいなんて思いはしませんよ」

文子が笑った。

「もし、誰かが勘ぐるようなことがあったら、私が証人になってさしあげます。それに、結婚なさっても、お友達はお友達。男の方ともずっとおつき合いできる方がいいと思いますよ」

「でもお友達ってほどじゃ……たまたま道で会っただけなの」

「偶然なんてひとつもないって、いつか誰かが言ってました。偶然を大切になさった方がよろしいですよ。財産がおありになるんですから、不動産屋さんが現れたのは、この機会にお買いになった方がいいってことじゃありませんか？」

調子のいい鹿島に好感を抱いてしまっている文子は、別荘を買うべきだと勧めているようだ。

「ゆっくり考えるわ」

友香は鹿島の話題から遠ざかりたかった。

そのとき、電話が鳴った。

ハッとした友香は、ソファーから腰を上げた。

「あら、私が出ますから」

文子が当然のように、リビングの電話を取った。

鹿島や神林と深い関係になってから、一日中電話の音が気になる。自分以外の誰かが、ふたりからかかってきた電話を取るのが恐ろしい。

「奥様、田村《たむら》ちづるさんからです」

女性の名前を聞き、友香はホッとした。だが、知らない名前だ。

「もしもし」

「おう、奥さん、私です」

神林の声に、友香は動悸がした。

「お手伝いさんがいるからと思って、ちゃんと女性を使って呼び出してもらったんです。やさしい男でしょう？　いい写真ができてます。これからすぐに出てきてください。Cホテルの一八××号室にいます。午前中に着くようにしてくださいよ」

一方的に電話は切れた。

「昔の知り合いが、急に上京してきたの。会いたいんですって……すぐに出なくちゃ」

「まあ、このごろ、昔の知り合いの方とご縁がありますね」

何も疑っていない文子は、慌ただしく着替えて出ていく友香を見送った。

ノックするまでもなく、ドアはわずかに開いていた。

窓際の丸いテーブルに、A4ほどに大きく引き伸ばした写真があった。

後ろ手にくくられた友香が、四つん這いになることができず、頭をシーツにつけて尻を高く掲げている。ファインダーに向いた屈辱の顔が、そのまま時間を止めて焼き付けられていた。豊臀の狭間から垂れているパールもしっかりと写っている。

友香がもっとも猥褻に映る位置を選び、カメラをかまえていたのがわかる。

写真は一瞬のうちに友香の脳裏に焼き付けられた。自分の姿態のあまりの破廉恥さに、思わず顔をそむけた。

「記念に持って帰ってくださってかまいませんよ。ネガがあればいくらでも焼けますから」

ニヤリとした神林は、友香を抱き寄せた。

友香はわずかな抵抗を見せたが、すぐに力を抜いた。神林と知り合うきっかけになったのは鹿島だ。なぜあの雨の日、声をかけた鹿島の車に乗ってしまったのだろう。

鹿島の妻に知られてはならないと、身を守るつもりが、どこまでも堕ちていく。今後、鹿島の誘いは断れても、神林の誘いを断ることはできないだろう。神林が飽きてしまうまで、要求にこたえるしかない。

家庭が壊れるのを覚悟で、神林からの要求を断ることも考えた。だが、破廉恥な写真まで撮られてしまった今、それを人前に晒されるのは辛い。もしかして直樹だけでなく、美緒や鹿島の妻にも見せられるのではないか……。そう考えると、気が狂いそうになる。

「お願い……決して恥ずかしい写真を人に見せないで」

友香はかすれた声で言った。

「わかってます。奥さんしだいです。あれは奥さんと私を堅く結んで離さないための黄金の鎖みたいなものなんです。さて、まずは私のムスコをふやけるほどしゃぶってもらいましょうか」

神林は裸になって、上品なミントグリーンのワンピースを着ている友香の前に立った。すでにそそり立っているエラの張った肉杭に、友香の頬がこわばった。コクッと喉が鳴った。

「立ったままじゃしゃぶれないですよ、奥さん」

神林の口調は、絶対者として友香の上に君臨した確信に満ちている。友香はカーペットにひざまずいた。

肉棒の側面を握った神林が、友香の唇のあわいに亀頭を押し込んだ。

「くっ……」

ブリーフに押さえられて蒸れていた男の匂いが、友香の鼻孔を刺激した。だが、口から肉根を出し、顔をそむけることはできない。

神林の腰をつかんで、友香はゆっくりと頭を動かしはじめた。夫のものでさえ、こんな奴隷の姿で奉仕したことはない。好きでもない男の肉棒を愛撫するのは苦痛だ。

「奥さん、頭を動かせばいいってもんじゃないでしょう？　ふやけるほどしゃぶってもらいたいんです。舌や、その上品な唇を存分に使って。タマタマも吸ってほしいですね。上手なフェラをしてもらえるまで帰しませんからね」

太いものを咥えたまま、友香は息を止めて聞いていた。

つづきだ、と言うように、神林が軽く腰を突き出した。

唇を丸めた友香は、頭を動かして側面をしごいた。そうしながら、舌を奔放に動かしてくすぐるようにした。

気を入れてやりはじめた友香のフェラはねちっこくていい。神林は艶やかに伸びきった唇を見おろしながら、さすがに社長夫人の口技はそこら辺の女のものとは格がちがうと悦に入った。

長い睫毛がふるふると揺れている。額にふわりとかかった髪が、風に吹かれるようにかすかに揺れている。溜まった唾液を飲み込む音が、ことさら大きく聞こえた。湿った熱い鼻息が、神林の剛毛をしっとりと濡らした。

顔を動かす友香の息は徐々に荒くなっていった。頭を斜めにして、ねっとりと側面に舌をからめたり、エラの裏を舌先で執拗に舐めまわしたり、鈴口をつついたり、口を真空にして全体を吸い上げたりする。

友香のどこにそんな猥褻さがひそんでいたかと思えるようなフェラチオだ。唇が淫らに光っている。だが、動きは猥褻でも、本来持っている気品は消せず、あくまでも上流夫人の口技だ。

「奥さん、素晴らしいフェラチオだ。フクロの方もお願いしますよ」

友香は動きをとめ、熱い息をホウと吐いた。皺袋を愛撫したことはない。友香の未経験の領域だ。

じっとしている友香の片手を腰からもぎ取った神林は、自分でそれを玉袋に導いた。

「タマタマのナメナメは苦手ですか。モミモミくらいできるでしょう？　モミモミしたあとで、そのあったかい口の中に入れて転がしてほしいんですよ」

友香は肉根を口に頬張ったまま、毛の生えた玉袋を掌でもてあそんだ。これまでそんなことをしたことがなかったので、急に動きが鈍った。フェラチオしながら上手に手を動かすことができない。

「タマタマの愛撫は失格ですね。家でご主人のものを使って練習しておいてください」

友香の頭を両手で押さえ込んだ神林は、自分の腰を荒々しく前後させはじめた。

「ぐ……くっ」

肉杭が喉につかえて吐きそうになる。友香は頭を引こうともがいた。だが、神林の力は強く、固定されたように動かない。両手で骨盤のあたりを押した。けれど、その腰は、機械のように規則正しく喉に向かって打ちつけられている。

スピードが速くなった。

「くく……」

友香はイヤイヤと頭を動かそうとした。そのとき、勢いよく喉に向かって多量の樹液がほとばしっていった。

噎《む》せた友香は吐きそうになり、息のできない苦しさに、顔を真っ赤にして悶えた。頭に置かれた神林の手は友香を放さなかった。

「飲んでください。一滴残らず」

辛うじて友香は、イヤイヤと頭を動かして意志を伝えた。苦しさに涙が滲んだ。

「そんなわがままが言える立場ですか。私に命じられたら、奥さんは頷くしかないんですよ」

顎も痺《しび》れていた。精液の生臭さが鼻につき、また吐きそうになった。あまりの苦しさに、友香は息が止まるかと思った。神林の腰がわずかに引いた。

「さ、飲んでもらいますよ。ずっとムスコを咥えていてもらってもかまいませんがね」

この分では、いつまでたっても放してはくれないだろう。決断を迫られた友香は、やむなく息を止め、口に溜まっているものを飲み込んだ。さらに生臭さが広がった。また吐き気がした。

ようやくフェラチオから解放された友香は、そのままカーペットに尻を落とした。

神林は瓶ビールを開けてグラスに注ぐと、うまそうにグッと一気に空けた。

「うまい。奥さんも呑んだ方がいい」

二杯目の一口を口に溜めたまま、神林は友香の唇を塞いだ。そして、精液で汚れた口に流し込んだ。

気色悪い感触が消えるならと、友香は流れ込んできたさほど冷たくないビールを飲み込んだ。

「こんどは私が奥さんに呑ませてもらうばんだ」

ベッドに引きずり上げた友香を押し倒した神林は、スカートをまくり上げた。ストッキングとショーツだけを剝き取った。その尻に枕をふたつ差し入れた。

下半身だけ剝き出しの友香は、スカートを下ろして秘園を隠そうと手を動かした。

「こないだみたいに縛られた方がいいですか？　奥さんは縄が似合いますからね」

はっとした友香は、スカートから手を離した。

ビールを口に蓄えた神林は、大きく押し開いた太腿の間に顔を埋めた。風呂に入っていない秘園は汗でムッとしている。汗だけでなく、メス独特の匂いがあたりに漂い出し、神林を昂《たか》ぶらせた。

天井を向いた女芯は、そこだけ見るとピンク色にねっとりと輝いて、オスの器官を粘膜の狭間に誘い込もうとしている。奥ゆかしい友香の躰の一部であり、きれいな器官でありながら、それでもそこだけは猥褻そのものだ。

神林は秘口に口をつけ、ビールを注ぎ込んでいった。

「あはあ……いや」

はじめての行為に、友香は尻をもじつかせた。とろとろと少しずつビールが注ぎ込まれていく。決して不快ではなく、肉襞の底が切ない。じっとしているのが辛い。

ビールを注ぎ込んだ神林は顔を離した。友香の尻がくねっと動いた。蜜とわかるぬめりも出てきている。それを確かめると、女芯に口をつけ、注いだビールを吸い上げて呑んだ。

「熱い……」

膣襞が火照りはじめた。花びらや会陰のあたりもムズムズとする。

「あぁう……」

友香は鼻にかかった艶めかしい声をあげた。

「オ××コが気持ちよく酔ってるようじゃないですか。奥さんにいいものを貸してあげましょう」

神林はイボイボのついた黒いバイブを友香の手に握らせた。

「これをオ××コに入れて動かすと天国ですよ。さあ、自分でやってください」

グロテスクでいかがわしい玩具を見た友香は、首を振った。

「ハイと言うしかないと言ってあるでしょう？　それとも、あのタンポンを押し込まれた方がいいですか。そうすれば、どうせこれを使わないわけにはいかなくなるんですよ」

「あれは……いや」

肩で喘いだ友香は、ためらいながらもバイブを秘園に近づけた。だが、自分で柔肉のあわいに挿入することができず、喉を鳴らした。

「さっさとしないなら、うしろですよ。お尻の穴にこれを押し込んで、いい声をあげてもらいましょうか」

神林は乱暴に友香の手からバイブをもぎ取った。それを友香が反射的に取り返した。

「何だ、イボイボバイブが気に入ってたんですか。だったら、自分の姿を見ながらする方がいいんじゃないですか、奥さん」

神林はバスルームのドアの横に嵌《は》め込まれた鏡の前に、友香を引っ張って行った。

元に戻ったスカートをうしろからたくし上げた神林は、鏡に向かい合った友香に、バイブを動かすように命じた。

秘芯はムズムズしている。熱い。それでも、鏡に映った恥ずかしい姿を見ると、なかなか自分の手でバイブを入れることができない。

「うしろの方がいいんですか？」

慌てて首を振った友香は、震えているような恥毛の下の花びらを指でくつろげた。それから、ゴツゴツの黒い肉棒を秘唇に当て、ゆっくりと沈めていった。

「あは……」

鼻から熱い息がこぼれた。

「奥まで入れたら、あとはわかりますね」

アルコールによるむず痒いような肉襞の感覚が、バイブの刺激で心地よい。友香は生まれてはじめて、自分でバイブを動かした。

夫とはノーマルなので何も使わない。昔の鹿島は若かったので、道具を使う必要などなく、いつも生身で何度もかかってきた。自分がいかがわしい道具を使うことになるなど、ついこないだまで想像すらしなかった。

太いものを自ら女壺に入れて動かすのは恥ずかしい。こっそりと隠れてしても恥ずかしいことを、神林によってスカートをまくり上げられ、鏡の前で立ったまま行っている。

友香は目のやり場がなかった。正面にはふたりの顔がある。視線を上げれば、肉根を咥えている下半身が映っている。すっかりうつむいてしまえば、いかがわしいことをしている生々しい自分を直接見ることになる。

服を着て下半身だけ剝かれていることで、よけいに破廉恥な女に見える。恥ずかしいと思いながら汗をこぼし、それでも友香は心地よい疑似ペニスの感触に、いつしか動きを止められなくなっていた。

「はあっ……あああ……んん」

美しい弓形の眉を切なげに寄せ、唇のあわいから白い歯をちらりと見せて喘ぐ友香を見ながら、神林の剛直はまたむっくりと起き上がってきた。

こんなにしっとりとした声をあげながらバイブを使う女を見るのははじめてだ。何をするにしても上品な女はちがう。押し入れられたバイブさえ、特別に作られたもののように見えてくる。やや反った張形が沈み、引き出され、また沈む。

「んんん……はああ」

少しだけ開いている太腿がひくつきはじめた。切なげな友香の顔が、いっそうやるせない顔になってきた。ワンピースの胸元が大きく波打ち、息が荒くなっている。

友香はエクスタシーが身近に迫っているのがわかっていた。だが、それを自分のものにするには、バイブをもっと速く動かさなければならない。破廉恥にバイブを動かす自分を想像しただけで恥ずかしく、それ以上のスピードで抜き差しすることができなかった。

「はあっ……んんっ」

泣きそうな顔をして友香はバイブを動かしつづけた。

神林はうしろから片手をまわし、肉の豆に触った。友香の総身がビクリとした。沈んだバイブの動きが止まった。

「オマメをこんなに大きくして、奥さんは顔に似合わずスケベな人だ。こうされるのが好きでしょう？　こうやってモミモミされるのが」

中指一本で、ねっとりと蜜にまぶされた肉芽を揉みしだくと、バイブを動かすのを忘れた友香は、うっとりした目をして熱い息をこぼした。

(私は何て破廉恥な女なの……こんなことをして……)

自分の顔や肉芽をいじりまわす神林の指、押し入れられたままのグロテスクな肉棒などが鏡に映っている。心を置いてきぼりにして快楽の波を漂う躰に、友香は勝てなかった。

「ああう……い、いきます……も、もうすぐ……くうっ！」

子宮の底から激しい突き上げが起こった。膣襞と秘口がキリキリとバイブを締め上げた。鼠蹊部がブルブルと震えた。大きく口を開けてのけぞった友香が、膝を折って崩れ落ちた。そのまま友香をその場に仰向けにした神林は、押し出されたバイブを拾い、べっとり濡れた女芯に突き刺した。

「ヒイッ！」

絶頂のおさまっていない肉壺を刺激され、友香はまた大きな法悦を迎えて打ち震えた。神林はたっぷり潤っている女壺に沈めたバイブを前後左右にこねまわした。

「ヒッ！　うくっ！　んんっ！」

ただでさえ敏感になっている部分をイボのついた玩具で掻きまわされ、抜き差しされ、友香は、ヒィヒィと声にならない風のような叫びを洩らした。そして、神林の動かす肉杭から逃れようと暴れた。

小水を洩らしたように、蜜が会陰をしたたり落ちている。

「やめてっ！　いやっ！　ヒイイッ！」

躰の中心を貫いた肉杭は出て行かず、次々と訪れる法悦の波は強すぎる。

「もう……許してっ！　ヒッ！」

服がヨレヨレになっていく。友香は見栄も外聞もなく尻を振りたくった。

「感度がいいですね、奥さん。ミミズのように蠢いているオ××コを、たっぷり味わわせてもらいましょうか」

ようやくバイブを引き抜いた神林は、さっきから痛いほど反り返っている肉棒を、涎《よだれ》を垂らした蜜壺に突っ込んだ。

「くうっ！」

マグマのようにドロドロとしたものでいっぱいの熱い秘壺が、ギリギリと肉棒を咥え込んだ。膣襞が痙攣した。

「おお、最高だ、奥さん」

ワンピース越しに乳房を鷲づかみにした神林が、腰を動かしはじめた。

3

もうじき美緒の学校が夏休みに入る。夏休みにも神林に呼び出されるようなことになれば、そのうち不審に思われてしまうだろう。友香は毎日がいたたまれなかった。

だが、夫を裏切っているという罪の意識とは別に、これまでにない肉の悦びに目覚めはじめている。

以前は、直樹にノーマルに抱かれるだけで十分だった。ほんのときおり、抱かれたいという欲求が起こったが、そんなときは、ベッドに入ってから、さりげなく直樹の躰にピタリと躰をつけたりした。すると、たいてい直樹は友香に手を伸ばしてきた。

最近の友香は、目覚めたときから床に就くまで、子宮のあたりや膣襞や花びらのあたりが妖しく疼いている。ビールを女壺に入れられたときより淡い感覚だ。けれど、躰の奥の、これまでピタリと閉ざされていた禁断の扉が開いてしまったようでやるせない。

菊口に恥ずかしいものを入れられたことや、自分でいかがわしいバイブを動かしたことなど、神林にされたことが脳裏に浮かんでくる。忘れたいと思っていたはずが、今では繰り返し思い出される。そのたびに熱くなる。

あんな男には二度と会いたくないと思いながら、心のどこかで呼び出しを待っている自分に気づくことがある。そんなとき、友香はハッとしてイヤイヤをした。

しつこくつきまとうと思っていた鹿島からは連絡がない。ようやく妻が不審を抱いていることに気づき、おとなしくなったのかもしれないと思いはしても、娘の美緒がもてあそばれているとは想像すらできなかった。

美緒はきょうも友達の家に寄るので帰りが遅いと言って登校した。

美緒が家を出て三十分ほどして、神林からの電話があった。神林の声を耳にするだけで、肌がざわざわと騒ぎだした。

（きょうも……恥ずかしい道具を使って私を辱めるつもりなのね……）

友香は指定の場所を聞きながら、うっすら汗を浮かべた。

上階のレストランや喫茶店を使用する客を装えば、たとえエレベーターで知り合いに会っても疑われることはない。神林に指定されたのは、そんないつもの高層ホテルだった。


友香は一度だけ軽くノックした。

ドアが開いた。

先にシャワーを浴びたらしい神林が、腰にバスタオルだけ巻いている。

友香が部屋に入ると、神林はその場でさっと友香を引き寄せ、唇を塞いだ。その瞬間だけ、友香は躰を離そうとした。

けれど、神林はグイと背中を引き寄せておき、むさぼるように唇を舐めまわして吸い上げた。そして、すぐに舌をこじ入れて動かしはじめた。獣のような荒々しさに、友香は受け身になった。バスタオルの下の堅いものが、スカート越しに下腹部に当たった。

反応のない人形のような友香に、神林は顔を離した。

「鹿島氏から連絡がなくて淋しいんじゃないですか？　実は、あの男、若い女とつき合ってるんです。呆れるほど若い女と。どんな女か知りたいでしょう?」

鹿島からの連絡が途絶えたのは、妻の目を気にしてのことではなかった。だが、若い女とつき合いはじめたと知り、もう自分のような子持ちの人妻には未練がないだろうとホッとした。

「その女のこと、知りたいんじゃないですか?」

「いいえ」

そんな女のことを知って何になるだろう。友香はニヤリとしている神林の顔を見て首を振った。

「ところで奥さん、こんな狭いホテルの部屋ばかりでプレイしてると、何だか息が詰まりそうになりませんか。それに、短い時間でコトを済ませるというのも、私の趣味じゃないんです」

神林は友香のスーツを脱がせながら言った。

「そこで、私の別荘に二、三日ゆっくり泊まってほしいんです。イヤとは言わせませんよ」

「困ります。そんなことをしたら、夫や娘に……」

「子供じゃあるまいし、いくらでも言い訳ぐらいできるでしょう。すぐには難しいでしょうから、半月の日にちをあげますよ。友人と二泊三日を過ごすということにでもするんですね」

有無を言わさぬ口調だ。

直樹にどんな言い訳をすればいいだろう。友香は不安に胸を締めつけられた。それに、半月すれば夏休みだ。友人と旅行すると言えば、美緒がいっしょに行きたいと言い出さないだろうか。

「これまで私が奥さんにしたことは、ほんの些《さ》細《さい》なお遊びなんですよ。じっくりと奥さんとプレイしたい。奥さんのきれいな顔をたっぷりと眺めてみたい。奥さんは私の好みの女なんです。アノときの声もいい。表情もいい。脚を広げるのが恥ずかしいことだと思っているのもいい」

半月後のことで頭がいっぱいになっている友香を、神林は裸に剝いた。そして、ベッドに上半身を預ける格好でうつぶせにした。床についている膝の間に片足を入れ、左右に大きく割り開いた。

抵抗しても無駄とわかっているものの、友香はそんな格好になるだけでいたたまれなかった。すでに堅くなっているとわかったバスタオルの下の肉茎。神林はうしろから突き刺すつもりだろう。

シーツに顔を埋めた友香は、貫かれる瞬間を待った。だが、何も起こらない。そのうち、見られているのだとわかった。脚の間に躰を入れた神林が、うしろから尻の狭間を眺めているのだ。

目で凌辱されている……。それは何かされるより、もっと恥ずかしいことだった。友香は尻を左右にくねらせた。熱い息がこぼれた。総身からじんわりと汗が噴き出した。

「早くしてくれってことですか」

神林の手がむっちりした尻肉をつかみ、グイと左右に押し広げた。

「あう……」

肩ごしに友香は歪んだ顔を向けた。

双丘の谷間で艶やかな桜色の菊蕾がひくついている。まだせいぜい指一本しか咥えられないすぼまりだ。

夫とはむろん、鹿島ともノーマルなセックスしかしてこなかった友香にとって、自分の躰でもっとも恥ずかしい部分は、このすぼまりだ。神林はそれがわかるだけに、別荘ではこの器官をじっくりといたぶってやろうと思っていた。別荘でのことを考えるとわくわくする。

友香の驚愕する顔が浮かぶ。

今も、友香は見られるだけで汗を滲ませている。高鳴っている鼓動が聞こえてきそうだ。

羞恥心の強い女はいたぶり甲斐がある。

「奥さんのお尻の穴は上品すぎて、とうていここからウンチがひり出されるとは思えませんね」

神林は大きくくつろげた尻たぼの中心を舐め上げた。

「いやあ！」

硬直した友香の背中が弓なりになった。なめらかだった尻肉が粟立っている。それでも、菊蕾を舐めつづければ状況は変化する。躰が熱く疼きはじめるだろう。

友香が躰を起こさないように、がっしりと尻肉をつかみなおした神林は、もう一度、会陰からすぼまりに向かって、舌をピタリとつけて舐め上げた。

「んんんっ」

友香の太腿がブルブルと震えた。

「いやっ！　しないで！」

排泄器官を口で触られるのは屈辱だ。パールに似た異物を入れられたりしたものの、舌で触れられるのははじめてだ。

友香は尻を振った。だが、肌に指が食い込むほど強く押さえられていて、逃げることができない。

「ヒイッ！」

また生あたたかい舌が菊口を舐め上げていった。

友香は尻だけ動かしても無駄とわかり、両手でベッドを押した。そうやって起き上がろうとしたが、胸が浮くだけで、尻は固定されたままだ。

「ヒッ！　いやっ！」

髪を乱した友香が振り向くと、口辺に唾液を光らせた神林が顔を上げて笑った。その顔が、また尻の間に埋もれた。

今度は舐め上げるだけでなく、菊皺を執拗に舐めまわし、中心に向かって動き、菊花を舌先でつつきはじめた。

「んんん……いやっ……し、しないでっ」

うしろを向いていることができず、友香はシーツを鷲づかみにして、火照る躰をビクンビクンと痙攣させた。

総身がザワザワする。鳥肌が立ったかと思うと、次にはカッと燃え、汗がドッと噴きこぼれる。その繰り返しのあとで、秘芯が脈打ってきた。

「はあああっ……うぅん……いやあ……くううっ」

トロトロと蜜がこぼれている。ボウッとなってきた。いつしか、あらがいではなく、妖しい快感のために友香は尻を卑猥にくねらせていた。

甘い声をあげはじめた友香に、神林は顔を上げた。

ポッと桜色に染まった友香の肌は、汗ばんでねっとりと光り、薄桃色の蛇のようだ。菊口の下方の女の器官はびっしょりと濡れている。翳りまで、カタクリ粉にまぶされたようにぬめっていた。

粘膜はオスを誘惑しているとしか思えない猥褻な輝きを放っている。こんな女陰を見て発情しない男はいない。どんなに上品な女も、結局はオスの手によって、こんなふうに猥褻なだけのメスの器官をさらけ出してくるのだ。

神林はポケットから細いアヌス用のバイブを出した。アナルコイタスをしたことのない友香のために、ほんの小指ほどの太さだ。丸みのある節がいくつかあり、簡単に抜け出さないようになっている。抜き差しのときのほどよい刺激にもなる。

バイブの先でトロトロの秘芯を触ると、異物に気づいた友香が、一瞬、息を止めた。女壺に挿入されると思っているはずだ。

先端にたっぷり蜜をまぶしたバイブを、菊口に当てると、尻肉全体がキュッと引き締まった。

「奥さん、力を入れてちゃ、お尻の穴が裂けますよ。息を抜いて楽にしてください」

「い、いや……」

ようやくうしろに入れられるとわかった友香の声が震えた。

「ま、裂けても私の知ったことじゃありませんがね。言うことを聞かない奥さんの責任ですよ」

ひねるようにして沈もうとする異物に、友香は反射的に力を入れて拒もうとした。だが、力ずくで押し込まれてくるのがわかり、ようやく力を抜いた。

「ああっ……」

「そうです。尻にモノを入れられるときは、そうやってリラックスするものです。それがわかれば、もっと太いものも入るようになるんです。私のムスコだってね」

最後のひとことに、友香は鳥肌だった。沈んだ異物が引き出され、ゆっくりした抽送がはじまった。

「んんんん……はああっ」

薄気味悪さに、あぶら汗が噴き出してくる。

堅くすぼまった菊蕾がピンクの愛らしい凹凸をつくる。その下で秘芯から蜜が溢れている。

神林は鼻先で笑うと、バイブのスイッチを入れた。

低い振動音がしてバイブが震えだした。菊口を細かい震えで妖しくいたぶりはじめた。

「あああっ！　やめてっ！　いやっ！　くうっ！　ヒイイッ！」

振動は菊口だけでなく、子宮や肉芽まで直接いたぶってくる。菊口が女の器官と密接に結ばれている、まったくひとつの器官になってしまったような感じだ。

「ああっ！　やめてっ！　お願いっ！」

「尻の穴がこんなに感じるとは、奥さんは思っていた以上に淫乱夫人だ。うしろで気をやりそうじゃないですか」

ふふと笑った神林は、菊壺にバイブを入れたまま、カウパー氏腺液の滲んでいる剛直を女壺に突き刺した。

「ああっ！」

前後の肉壺に堅いものを押し込まれた友香は汗をこぼし、火のように体温を上昇させた。

「ああ、奥さん、最高だ」

菊壺のバイブの振動が肉棒に伝わってくる。ヌルヌルした女壺がたぎっている。機械の振動と膣襞の妖しい収縮がいっしょくたに肉根を責めたてる。さすがの神林も持ちそうにない。じっとしているだけでイッてしまいそうだ。

「くうっ！」

そのとき、友香が先に気をやって打ち震えた。バイブの振動とエクスタシーによる膣壁の収縮で、神林はそのまま射精してしまいそうになり、息を止めた。

菊座からバイブを抜いて放り投げた神林は、激しく腰を打ちつけた。

「ヒッ!」

新たな絶頂に震える友香が髪を振り乱して悶えるさまを眺めながら、神林も早々に気をやった。腰が砕けるような法悦だった。

第五章　驚愕の遭遇

1

最近、友香《ゆか》と美緒《みお》のようすがおかしい。理由がわからないだけに、吾朗《ごろう》は苛立たしい毎日を送っていた。

週に一度の家庭教師に行っても、ふたりとも不自然な笑みを浮かべている。母娘の関係にはこれといった溝はないようだ。だが、ひとりひとりになると、不自然さが目立つ。

かつては、勉強部屋ではしゃいでいた美緒が、吾朗とふたりになるとおどおどする。きょうの美緒もそうだ。そして、これまで目を見て話していた友香は、吾朗の視線を避けるようになった。

自分から家を出ていながら、週に一度戻ることを楽しみにしていたというのに、最近では家に近づくだけで胸が重苦しくなる。まるで友香と美緒が話し合って、吾朗を無視しようとしているようだ。

会社でさりげなく直樹《なおき》に家庭のことを聞いてみるが、いつもと変わりないという返事しか戻ってこない。別に嘘をついているようにも思えない。

（絶対におかしいんだ。それなのに……）

毎日いっしょにいながら、ふたりの変化に気づかないのかと、吾朗は父親を怒鳴りたくなった。友香を女として愛しているだけに、どんな微妙な変化も見逃さない自信があった。

美緒に対しては、ひょっとして生理などもはじまって女に目覚めたため、お兄ちゃん、などと気安く呼ぶことができなくなったのかもしれないと、軽く考えることもある。美緒の不自然さは何とか納得できることもあるが、友香の不自然さはとうてい納得できるものではなかった。

「来週は家庭教師はお休みにしてね」

もっと早く言えばいいものを、吾朗が部屋を出ようとするとき、美緒がおずおずと言った。

「夏休みになったら、さっそくどこかに出かけるのか」

「どこかってことないけど……友達のところに……小学校のときの友達」

「誰のところだ」

言いにくそうにしている美緒を見ると、わざと尋ねてみたくなる。

「お兄ちゃんの知らない友達……」

「仲良しはいつもうちに来てたじゃないか。お兄ちゃんが知らないはずないだろ」

美緒が困惑した顔をした。

「だけど……お兄ちゃんはもう二年もひとりで暮らしてるじゃない。その間に、いっぱいお友達ができたもん」

美緒はそれだけ言うと、自分から先に部屋を出た。

(まさかな……この美緒に男がいるなんてことないよな)

フッとそう考えた吾朗は、すぐに自分を笑った。

(俺は美緒が生まれたときから、ずっと美緒を見てきた。この歳で男といかがわしいことのできるようなやつじゃない)

美緒のあとから階段を下りるとき、吾朗はすでに友香のことだけを考えていた。

きょうの友香は白い半袖のニットのシャツとスカートだ。うぶ毛さえない白い腕が半袖から出ているのを見ると、吾朗は目眩がした。袖の奥の腋の下はどんなに悩ましいだろう。

友香が吾朗の継母として屋敷にやってきたのは、声変わりのはじまろうとするころだった。だから、いっしょに風呂に入るには不自然になるころで、ついに友香と風呂に入る機会はなかった。

十年もいっしょに暮らしていながら、数えるほどしか友香の裸体を見たことがない。それは、風呂から上がる友香を狙って脱衣所のドアを開け、ほんの一瞬覗いて、あっ、と声をあげ、慌てて閉めたりしたものだ。それを演技だとは気づかれなかったが、かいま見ただけの裸体に、昂ぶりより欲求不満が残って悶々とした。

直樹がいないとき、睡眠薬でも飲ませ、ゆっくりと友香の裸体を観察したいと幾度となく思った。だが、いざとなると、そんな大それたこともできず、妄想のなかで眠る友香をいじりまわし、マスターベーションするしかなかった。

腋下だけではない。友香の背中も秘園も、足指の間さえ吾朗は見たことがない。近くにいながら遠すぎる女。それが友香だ。

「聞いているでしょうけど、美緒は来週、お友達のところなの」

カップに入れるだけになっていたサイフォンのコーヒーを、友香は吾朗のために注ぎながら言った。

「ママもよ」

美緒は自分の話題から遠ざかってもらいたいと、すぐに口をはさんだ。

「えっ？　義母さんも出かけるのか」

「ええ……短大のときのお友達と……ちょっと旅行に」

「美緒といっしょじゃないのか……？」

「いえ、別々なの……出かける日がたまたまいっしょになってしまって」

同じときに別々の外泊とは意外だ。

「なんだ、父さんはひとり置いてけぼりか」

「ごめんなさい……」

「別に義母さんがあやまることじゃないよ。珍しいじゃないか、友達と旅行だなんて」

「ええ……お仕事一筋でやってきた人で、まだ独身で、それで私と……」

友香の嘘を吾朗は直感した。

これ以上モヤモヤするのはごめんだ。今度は徹底的に調べてやろうと吾朗は決意した。

そのとき、大学時代の友人でサバイバルゲームの仲間だった奈良谷《ならや》がいればいいがと思った。

定職につかず、インドやベトナムやタイあたりを放浪していることが多い男で、腐りきった日本に未来はないと言い、旅をしながら世界の未来を考えてみるなどとも言っている。事業家の三男で、いざとなれば金には困らない立場だが、本人は家族とは縁を切ったなどと言ってはばからない。

祈るような気持ちで電話した。

「いたのか！」

奈良谷の声を聞いたとき、吾朗は飛び上がらんばかりに喜んだ。

「おお、藤野《ふじの》か。おまえ、勘がいいな。半月前、インドから戻ったばかりだ」

「頼みがある」

「金を貸せ、おまえの女を抱かせろ……それ以外の頼みならいいぞ。金もなければ女もいない」

奈良谷が笑った。太い躰を揺すって豪快に笑っている姿が見えるようだ。

「電話じゃまずい。会ってくれ。たった今だ」

吾朗は一分さえ惜しかった。

三日後、八時に吾朗が喫茶店〈ガンジス〉に行くと、呼びだした奈良谷が先に待っていた。片手を上げて近づく吾朗を、奈良谷は四日前とちがう堅い顔で迎えた。

「男だ」

「うん？」

「おまえの想像は不幸なことに大当たりだ。きょう、おまえのオフクロさんは一時前に家を出た。駅前からタクシーで新宿に向かって、Kホテルに入った。フロントを通らず、レストランを使う客のようにエレベーターに乗った。それも、ほかの客といっしょにならないように気を使ってな。レストランも喫茶店もない客室だけの二十一階で下りた」

奈良谷の目は嘘を言ってはいない。吾朗は奈良谷のミネラルウォーターをつかんで飲み干した。

「オフクロさんが出てきたのは二時間半後。むろん、フロントを通らずにひとりで帰っていった。それから十分ほどして、二十一階を含めて途中三度ほど止まって下りてきたエレベーター客の三人がフロントに寄った。ふたりはキーを預け、ひとりは精算した」

奈良谷の言葉の意味は、時間からして不自然な昼間に精算した男が友香の相手だということだ。

男が車で来ているとわかった奈良谷は、慌ててタクシーを拾い、地下の専用駐車場から出てくる男を待った。

「ベンツ。それもAMGで、俺には値段はわからんが、タクシーの運転手の言うには、最低二千万はするだろうと言ってたぜ。おまえのオヤジさんの車とどっちが高い」

「車は走りさえすればいいんだ」

吾朗は吐き捨てるように言った。

「ま、俺もそう思ってる。相手はロータスオートって会社の社長だ。神林俊昭《かんばやしとしあき》四十五歳。チビで小太り。顔つきが気に食わねえイヤな野郎だ。あのオフクロさんが好きになる相手とは思えない。何かわけありだな」

大学時代、友香に何度か会い、話もしたことのある奈良谷は、友香が不倫をするような女ではないと思っていた。

奈良谷の話を聞いた吾朗は、膝の上で拳を握った。何かわけありと言われても、男とホテルで過ごしていたという事実をつきつけられては、絶望と怒りがあるのみだ。

何か悩みでもあるんじゃないかと尋ねても、悩みがないのが悩みかしら、などと言っていた友香。友香の裏切りを知り、吾朗ははじめて継母を憎んだ。あの美しさも気品も、偽りだったのかと思うと、キリキリと胃が痛んでくる。

金曜からの旅行の相手は神林だろう。昼間からホテルで逢い引きしているほどの相手だ。

「藤野……」

「うん?」

「おまえ、惚れてるな」

吾朗の心を見透かしている奈良谷の目だ。吾朗はたじろいだ。

「バカなこと言うな……」

「昔から、そんな気がしないでもなかったがな。だけど、あきらめろ。オフクロさんはオヤジさんの女だ」

オヤジさんの女、という奈良谷の言葉は、やけに生々しかった。

「まあ、惚れちまったら、誰の女であろうが関係ないがな。ともかく、まずはあの男から引き離すってことか」

「金曜から友達と二泊の旅行に行くと言ってる。その男とだろう。つけてくれ。証拠写真もどんどん撮ってくれ。必要経費はいくらでも請求しろ。金曜は俺は仕事だ。勝手に休むわけにはいかない」

「ちっ、休むわけにはいかないだと？　大事な女がイヤな野郎と旅行に行くんだぞ」

軽蔑したような奈良谷の口調だ。けれど、吾朗は社長の息子だけに、ほかの社員の手前、かえって勝手なことはできなかった。

「跡継ぎと言ったって、俺はまだ、ただのサラリーマンの立場だ」

「俺はそんなサラリーマンなんか一日だってやりたくねェ。乞《こ》食《じき》の方がよっぽどましだ」

それから奈良谷は、必要最低限、車と携帯電話が欲しいと言った。

「あとは何でも揃ってる。あちこち放浪してる俺にとっちゃ、生活必需品は背中にしょって歩いてるようなもんだからな。ザックひとつにすべてが詰まってるからな。そういえば、大学時代、おまえと野山を走りまわって、蛇や兎を取っ捕まえて食ったこともあったな。七人ずつの敵味方分かれての三日間のサバイバルゲームは最高だったな。二日目に番狂わせがあって、おまえともあろうものが敵の捕虜になっちまって、取り戻すのに苦労した」

友香のことがなければ、朝まで思い出話に花を咲かせただろう。だが、吾朗には笑みを浮かべる余裕もなかった。

「今度の捕虜はおまえのオフクロだ。俺とおまえが組んで負けたことはなかったぞ」

奈良谷の顔にはゆとりがあった。

2

長野県と群馬県の県境にある別荘地は、夏休みだけあって観光客が多い。だが、少し奥に入れば案外ひっそりと静まり返っている。

神林は周囲を木立に囲まれた簡素な二階建ての別荘に車をつけた。

薄ねず色の地にススキを織り出したおとなしい夏大島に、葛の花を描いた白っぽい染め帯を締めた友香は、あたりに人気がないにもかかわらず、袖で顔を隠した。先に歩いていく神林のあとを小走りで追い、さっと建物に入った。

いかにも山小屋風の、太い木材を使った家屋だ。

リビングは二階までの吹き抜けになっている。みごとな天然木が四角い部屋の隅から隅に向かって対角線を描いてX字に渡され、吹き抜けにアクセントをつけていた。

頑丈で野性味にあふれた内装の照明には、リモコンやスイッチひとつでどうにでもなる文明の利器より、ランプの方が似合いそうだ。

「やっとふたりきりになれましたね。ただでさえ色っぽい奥さんの着物姿を見たときから、ムスコが疼きっぱなしでした。途中で何とかしてもらおうかとも思ったんですが。ほら、ずっとこんなになってるんです」

友香の手を引いた神林は、それをもっこりした股間に置いて笑った。

着物を着て来いと言ったのは神林だ。友香は持っている着物のなかから、できるだけおとなしい目立たないものを選んだ。だが、神林との待ち合わせの場所に立っていると、わずか数分の間に、何人もの男達が振り返っていった。

「これから三日もいっしょにいられるとわかっているのに、それでも時間が惜しいんです。さっそく好きにさせてもらいますよ。ホテルじゃ、隣が気になって、思いきって声も出せなかったでしょう？　我を忘れた奥さんの色っぽい声が聞きたい。ここじゃ、遠慮なんかしなくていいですからね」

真正面に立った神林は、左右の身八《みや》つ口《くち》から手を入れ、ほかほかしているやわらかい乳房をつかんだ。友香は神林から顔をそむけた。

「うんと楽しい計画があります」

神林は囁くように言い、ふたつの乳首をつまんだ。口を開けて熱い息を吐く友香の横顔に、神林は目を細めた。

あっさりと乳房を放した神林は、淡いピンクの帯締めを解いた。はらりとお太鼓の落ちる乾いた音がした。

帯揚げを解くときも、神林は友香の顔から目を離さなかった。

あらがうことをすっかりあきらめているものの、友香のわずかな表情や息づかいの変化から、羞恥や戸惑いが手に取るように伝わってくる。居直ったり、馴れ馴れしくなれない友香のゆかしさがあるからこそ、被虐プレイが楽しい。

帯を解いて夏大島を脱がせるとき、肌と匂い袋の香が混じりあった甘やかな匂いが神林の鼻孔を刺激した。

白い絽《ろ》の長襦袢《ながじゅばん》は、袖に薄い藤色が彩色されたしゃれたものだ。

「下に妙なものをつけてるんじゃないですか」

神林は裾をまくり上げた。友香が息を呑んだ。湯文字の下には白いシルクのショーツをつけている。

「野暮な人だ。すぐに脱いでください」

いつもの鞄から赤いロープを出しはじめた神林に、友香はうしろを向いてショーツを脱いだ。いつもはつけない下穿きの湯文字も、神林にもてあそばれるための旅行とわかっていたからこそ、つけてきた。だが、そんなものは何にもならなかった。

脱いだショーツは掌に収まるほど小さい。バッグに入れようとしたとき、横から神林が奪い、鼻に押し当てた。

「あ……」

「メスの匂いがしますよ、奥さん。期待してたんでしょう？　口でイヤと言っても、縄やバイブを見ればすぐに濡れる。奥さんの躰《からだ》はそうなってしまってるんですよ」

テーブルにショーツを置いた神林は、長襦袢を割って手を入れ、秘園を指でまさぐった。しっとり湿った翳りの下で、花びらが濡れている。それをくつろげると、ヌルリとしたものが指に触れた。

まさぐられるままじっと立っていた友香は、指が動くたびに躰をヒクリとさせた。

「こんなに」

銀色に光った指を出して見せた神林に、友香はチラリと視線を向けてうつむいた。神林に恥ずかしいことをされているうちに、心を裏切って躰が反対するようになっている。こんな憎い男と思う一方で、憎い男の破廉恥な行為を待っている自分がいることに気づいたときは動揺した。女の躰の浅ましさと哀しさを知った。

「あとで、ベトベトのオ××コをいやというほどしゃぶってあげますよ。奥さんは口でされるのが好きですからね」

下卑た言葉にさえ躰が反応する。

（ああ、浅ましい……私は何て恥ずかしい女になってしまったの……）

いつものような隣室を気にすることもないという安心からか、早くも秘芯が脈打つように疼いてきた。友香はそんな躰に従うしかなかった。

「やっぱり邪魔者がいないと奥さんは素直だ。うんと恥ずかしいことをしてくださいと言ったらどうです。そのために奥さんはここに来たんです。さあ、ここでなら言えるでしょう？」

友香は唾を飲み込んだ。三日の間、神林に辱められる。それなら、いっそ、自分を捨ててしまった方がいい。浅ましい獣として生きた方がいい。なまじ人でいることを望むために苦痛が増すのだ。

「恥ずかしいことをしてください……私を辱めて……思いきり辱めて」

かすれた声で言った友香は、また喉を鳴らしてうつむいた。

「奥さん、やっぱり環境を変えてよかったですよ。きょうはまたいちだんと色っぽい。その素直さにゾクゾクしてしまいます」

神林は赤いロープを持つと、シュッと音をたててしごいた。

長襦袢の上からうしろ手胸縄をほどこすと、何もまとっていない肌に直接縄掛けするより悩ましい姿になった。絽の長襦袢に、うっすら躰の輪郭が透けている。

いましめを受けた友香は、吹き抜けの下の梁を支える柱に繋がれた。

「何をされてもいいと覚悟している奥さんをこうして見ていると、精いっぱい破廉恥なことをしてやらないと恨まれるような、そんな気がしてきますよ」

笑いを浮かべる神林に、友香はうつむいているしかなかった。

胸元に手を入れた神林が、左右に大きく長襦袢を割り、乳房と肩先を剝き出しにした。真っ白い膨らみの中心でわずかに沈んでいた乳首が、ゆっくりと立ち上がってきた。それを神林は口に含み、舌先で転がした。

「あう……」

拘束されている躰をもてあそばれると、肌が敏感になる。拒むことができないので耐えるしかない。舌が乳首をつつき、こねまわし、唇でくすぐっていく。友香は剝かれた肩をくねらせ、くぐもった声をあげた。

神林の手は長襦袢を掻き分け、柔肉をまさぐった。さっきよりいっそう粘膜がヌルヌルしている。そして、熱い。

「オ××コが疼きます。そう言いたいんじゃないですか、奥さん。言ってごらんなさい」

泣きそうな顔をしている友香を眺めながら、神林は花びらと肉の芽をいじりまわした。

「はあっ……あはっ」

友香は腰をくねらせはじめた。だが、四文字を口にすることはなかった。

「グッショリ濡れるほど感じていながら、オ××コと言えないんですか、奥さん。じゃあ、用をなさない口は塞ぎますよ」

神林はタオルを嚙ませ、きっちりと後頭部で結んだ。ただでさえセクシーな人妻の唇は、邪魔な布切れを嚙まされた不自然さに微妙に蠢いた。

躰で抵抗できないだけでなく、言葉で行為を阻止することもできなくなった。友香の不安が増した。

「奥さん、そのうちタオルが涎でベトベトになりますよ。それもまた風情があるってもんですがね」

友香はイヤイヤをした。

眉間を寄せた友香がこれからどうなるか、神林はわくわくしていた。腕時計にチラリと視線をやると、鞄から出したプレイの道具を、片隅の丸いテーブルに並べていった。

「ここでうんと楽しもうと、これまで我慢していたこともいろいろあるんですよ。もうじき私の友人も来ます。いっしょの方が楽しみも増えると思いましてね」

心臓が飛び出すほど友香は驚いた。躰を乱暴に動かし、いましめを解こうとした。縄も頑丈な柱もびくともしない。

「うぐ……ぐぐ……う……」

おとなしかった友香が目を見開き、躍起になって動いているのを楽しそうに眺めながら、神林は鞄から次々と道具を出して並べていった。

「これは三箇所責めのバイブです。オ××コだけでなく、オマメもうしろの穴もいっしょに悦ばせることができるんです。嬉しいでしょう？　これは生理食塩水。この管を尿道に差し込んで、たっぷり膀胱に入れてやれば、イヤでもオシッコがしたくなる。奥さんがたっぷり洩らす姿を見てみたいと思いましてね。オムツにしたいなら、大人用も用意してありますから」

「ぐぐぐ……」

友香はちぎれるほど首を振り立てた。

「そんなに嬉しいですか。これはクスコ。産婦人科でドクターに突っ込まれて、じっくりと奥まで覗かれたはずです。こっちは肛門鏡。尻の方を覗く奴です。奥さんには尻にパールと指を入れたが、まだ浣腸もしてませんでした。楽しみをとっておいたんです」

ゆったりした神林の笑いと裏腹に、友香は死にものぐるいで暴れた。

「うしろのプレイをするときは、まずきれいにしてからが常識なんです。そうすれば、パールを出すときも恥ずかしがらずにすむ。これまで奥さんがパールを出されるのを恥ずかしがって自分で出そうとしたのは、ようするに掃除が行き届いていなかったからですね。きょうはそんな心配は無用です」

躰をよじり、気も狂わんばかりに目を剝いて暴れる友香に、神林の肉棒が反り返った。さっそくいたぶってやろうかと思ったとき、誰かがドアをノックした。

びくっとした友香は動きを止め、音のする方に汗まみれの顔を向けた。

ニヤリとした神林はドアを小さく開け、相手を確かめて招き入れた。

鹿島《かしま》が入ってきた。友香は頭を殴られたような衝撃を受けた。だが、そのすぐあとで、もっと激しい衝撃を受けて頭が真っ白になった。

鹿島は目隠しした女の腕を引いた。目隠しされていても、それが娘の美緒だというのに気づかないはずがない。友香は入ってきたふたりに驚愕の目を向けていた。

「美緒、着いたぞ。これからたっぷりかわいがってやるからな」

薄ら笑いを友香に向けながら、鹿島は美緒の手を引いた。

「目隠し取って……誰がいるの……？　ね、いや」

周囲に何があり、誰がいるのかわからない美緒は、不安な口調で尋ねた。手首だけうしろでくくられている。

「いい子だったらすぐに取ってやる。条件は、上手にムスコをナメナメすることだ。このごろ、ずいぶん上手になったからな」

美緒が以前から鹿島とつき合っていたらしいと知り、友香の動悸はますます激しくなった。なぜ？　という言葉だけが脳裏を駆け巡っている。

鹿島はニヤニヤしながら神林に向かって顎をしゃくった。言葉がなくてもふたりはすぐに意思を通じあった。

神林は友香との短い時間でとうに屹立していた肉茎をズボンから出し、美緒に近づいた。

「たっぷりおしゃぶりして飲み干すんだぞ」

鹿島は美緒の肩を押さえてひざまずかせた。神林が交代してその前に立った。

美緒は頬で脚を探り、開いたジッパーを見つけると、剛毛の中から立ち上がっている肉棒まで辿り着いた。だが、鹿島のものと恥毛の感触がちがう。肉棒を口に含む前に息をひそめて動きを止めた。

「どうした。しゃぶれ」

神林のすぐうしろに立った鹿島が命じた。

「誰……？　ちがう……これ、オジサンじゃない」

美緒は塞がれた目であたりを窺うように頭を動かした。

「おう、よくわかったな。しゃぶる前からわかるとはたいしたもんだ。ネンネと聞いていたが、一人前のようじゃないか」

神林が美緒の目隠しを取った。

まず、そそり立つ見知らぬ剛直にたじろいだ美緒は、神林が躰を横に移したことで、彼の背後に隠れていたものを目にして声をあげた。

猿轡をされた友香が、長襦袢の胸をはだけ、柱に拘束されている。

「ぐぐ……」

友香はひときわ激しく首を振り立てた。

「ママッ！」

視線を合わせた友香と美緒の胸が、激しく喘いで波打った。

「ようやく親子の対面だな。これまではおまえ達を別々に受け持って、いまひとつ面白味がなかったが、これからは存分にやれる」

鹿島は最初から神林と組んでいたのだと、面白そうにしゃべった。

雨の日に鹿島に声をかけられたのは偶然ではないと察していたが、神林が興信所に勤めているると言っていたのが嘘と知ったときの衝撃は大きかった。最初から友香と鹿島のツーショットを撮るつもりで、ふたりは組んでいたのだ。

ふたりの罠にはまり、純情な美緒まで餌食にされていたことを知った友香は、頭がクラクラして倒れそうになった。柱にくくりつけられていなければ倒れていただろう。

「社長がおまえを一目見て、えらく気に入ってしまってな。しばらく独占したいと言うもんだから、俺は途中から美緒だけに切り替えたんだ」

「うぐぐぐ」

汗まみれの友香は首を振りたくりながら、言葉にならない声を出した。

「何を言いたい？　俺がおまえにとって最初の男だったってことを娘に言いたいのか。同じ男に母も娘も女にしてもらって、俺に感謝したいとでも言いたいのか」

（言わないで！）

得意げにしゃべる鹿島に、友香は狂わんばかりにかぶりを振った。

神林が唾液でベトベトになったタオルをはずした。口辺に折り畳んだタオルの形が醜くついている。友香が美形なだけ、猿轡の痕は痛々しかった。

「ママッ！　ママァ！」

友香に近づこうとした美緒を、鹿島が羽交い締めにした。

「おまえには、これまでの復習をしてもらうぞ。ママに立派な女になりましたと、ちゃんと見せてやらないとな」

「やめてっ！」

苦痛に満ちた友香の声がほとばしった。

3

暴れる美緒は、うしろ手にくくられているだけに、ふたりの男にあっけなく大きな長方形の木のテーブルに引き上げられた。

「やめてっ！　美緒に手を出さないで！　私を自由にして！　美緒には触らないで！」

友香が哀願するだけ、ふたりの男はいっそう凶暴な獣の血をたぎらせていった。

「奥さん、言葉どおり、いくらでも自由にさせてもらいますよ。小道具も山ほど用意してますしね」

美緒の手をいったん解いた神林は、鹿島が美緒を裸身に剝いていくのを見守った。

「いやっ！　いや！　いやあ！」

全力を振り絞って暴れる美緒を、鹿島は舌舐めずりしながら、あっというまに裸にしていった。

「何だ、まだ満足にオケケも生えてないのか」

すでに聞いていたものの、つるりとした下腹部を見ながら、神林は大げさに驚いてみせた。

「オケケがなくてもちゃんと感じる。親譲りのいい躰だ。バイブにも声をあげるしな」

そんなことを言いながら鹿島が美緒を押さえつけ、神林が四肢をそれぞれのテーブルの脚にくくりつけていった。美緒はXの形に張り付けられてもがいた。

茂みもないだけに、まだ全体に女の丸みに欠けている。友香譲りのきめ細かな肌で、若さを強調するようにピチピチと張りつめている。だが、乳房はまだ小さく、腰のくびれも大人のものではない。幼すぎる肉体だ。

「友香、成長した娘のオ××コを眺めたことはないだろう」

六十度以上に開いている美緒の太腿を、鹿島は掌でさすった。

「いや！」

美緒は鼠蹊部をこわばらせ、脚を閉じようともがいた。恥毛がない分、ふっくらとした肉饅頭のなかがよく見える。まだ小ぶりのあわあわとしたピンクの器官だ。

「こんなにかわいいオ××コでありながら、美緒は俺の太いムスコで処女を卒業し、今じゃ、それなりの声をあげてたっぷり濡れる。騎乗位で腰を動かすこともできるんだぜ」

スリットを上下に撫でまわし、指をVにして器官をくつろげた。

「あ、あなたという人は……」

「この別荘、気に入っただろう？ いろいろと破廉恥な遊びをするにはもってこいだ。買ってもらいたいと思って招待したんだ。なかなか景気は回復しないが、ダンナの会社は儲かってるようじゃないか」

ここは神林の別荘ではなく、鹿島の商品のひとつとわかり、そういえばパンフレットにこんな別荘の写真が載っていたようだと、友香は今になって思い出した。

「おいおい、こんなときに商売の話はないだろう。せっかく火照《ほて》っていた奥さんの躰が冷めてしまうじゃないか。トロトロしていたオ××コも乾いてしまう。無粋な奴だ。記念の別荘だ。あとで買うに決まってるじゃないか。そうでしょう、奥さん？」

友香のかたわらに立った神林は、脇から手を伸ばして裾をまくり上げた。

美緒の前で嬲《なぶ》られる屈辱にわなわなと震えながら、友香は太腿を堅く合わせた。

どうしてこんなことになったのだろう……。鹿島の妻が神林に浮気調査を依頼したと聞いた。鹿島とラブホテルに出入りするツーショットを撮られ、ゴタゴタになるのを恐れて身動きできなくなった……。

あのときは、家庭を守ることだけを考えていた。夫に知られてはならないと思った。それが、結果的にこんなことになり、後悔しようにもすでに遅い。家庭を守るどころか、愛する娘まで巻き込み、二度と以前の母娘に戻ることはできなくなった。こんな姿を見られ、どうして母親の顔をして美緒に接することができるだろう。

「美緒、見ろ。オケケがあんなふうに生えないと一人前じゃないぞ」

美しい母の震える姿を見た美緒は、細い首を振り立てながら鼻頭を赤く染めた。

自分が処女ではなくなったことを周囲に知られるのが恐かった。だから、鹿島の言いなりになってきた。だが、とうとう友香に知られてしまった。十三歳の誕生日も来ない前に男を知ってしまったことを、友香はどう思っているだろう。

（もうママと暮らせない……）

哀しみがこみ上げてきた。美緒はしゃくりはじめた。

「おやおや、ネンネを泣かせるとは、男の風上にもおけない奴だと言われるじゃないか」

友香の翳りを撫でまわしながら、神林が呆れた顔をしてみせた。

「なに、すぐ随喜《ずいき》の涙に変わる。ネンネが気をやるのを見たいだろう？」

鹿島はせいぜいAカップしかない美緒の乳房をつかんで揉みしだきはじめた。美緒は顔を歪め、嫌がって総身をくねらせた。友香さえいなければ、甘い声をあげているはずだ。

最近はすっかり鹿島に慣れ、逃げようという気配も見せなくなっていた。

鹿島は躰を曲げて小粒の乳首を吸い上げた。

「あは……」

尻がヒクヒクと緊張し、胸もテーブルからわずかに浮き上がった。ロープのまわっている手をグイと引いた。

「せっかくママが見てるんだ。もっといい顔をしろ」

それなりにコリッと立ち上がっている乳首を指ではじいた鹿島は、下半身に移って肉饅頭を撫でた。それから、友香にニヤリとした視線を向けながら、右の人差し指を口に入れて唾液をまぶした。

「美緒、おまえは指も好きだよな」

左手の親指と人差し指で花びらをくつろげ、右の人差し指を光っている秘口の粘膜に押しつけた。少しだけぬめっている。乾いてさえいなければ、指の一本ぐらい、いつでも挿入可能だ。

力を入れなくても、指はスッと秘壺に沈んでいった。

「あ……」

また小振りの尻が緊張した。

鹿島は一本の指を抜き差しさせたあと、すぐにもう一本追加した。窮屈な女壺だが、それもねじ入れると、根元まで飲み込まれてしまった。

さっきの鹿島の言葉どおり、美緒が処女でないことを自分の目で確かめた友香は、唇を小刻みに震わせながら首を振った。

鹿島の指は抜き差しを繰り返すと、壺の縁にそって丸く動いた。また抜き差しがはじまり、浅い部分を集中的に責めはじめた。

「あっ、あっ、あっ……うぅん……あはあ……」

ちょうどクリトリスの下あたり、膣襞の上側をこすられると、最近おかしな気持ちになる。小水がしたくなって我慢できなくなる。膀胱を押されるためだろうか。

「いや……おトイレ……しないで」

くくりつけられているだけに、美緒は洩らしてしまったらと、不安でならなくなった。

「ここはGスポットがあるんだ。気持ちいいだろう？」

チュブチュブと破廉恥な蜜音がするほど潤ってきた女壺を、鹿島は卑猥な手つきで責めつづけた。

「たかだか十二歳じゃ、Gスポの開発は無理じゃないか」

友香の秘唇に指を押し込みながら、神林がクッと笑った。

「個人差があるだろう。ココを触るとよがるようになった。近々ココでアクメを迎えるようになるさ」

鹿島はいっそう強く、浅い膣の上部をこすった。

「あんあんあんあん……しないでっ。洩らしちゃう。洩らしちゃうってば！」

尻を振りたくりながら、美緒は鹿島の指を追い出そうとした。

「ほら、これをつけさせたらどうだ」

エクスタシーどころか、小水を洩らすのが落ちだろう。見かねた神林は、あとで友香に当てようと思っていた大人用のオムツの一枚を渡した。

「まったく、あんたって奴はこういうのが好きだな。そこに並べたヘンタイ用具を見ると、いつもながら呆れてしまうぜ」

丸いテーブルに並んでいるＳＭグッズを見ながら、鹿島はついていけないという顔をした。

女を抱くのは好きだが、神林のように、いろいろな道具を使って辱めるという趣味はない。バイブぐらいは使うが、医療プレイなどしない。美緒のアヌスに指は入れたが、堅くてアナルコイタスは無理とわかった。すると、時間をかけて辛抱強く拡張してやろうなどという気持ちにはならない。残念だが、せいぜい指でいたぶるだけでいいと思ってしまう。

神林は女を縛るのも好きだが、鹿島は縛る時間があれば、押さえつけてさっさと犯ってしまった方がいいじゃないかと思う。それでも、神林がねっちりしたＳＭプレイをするのをかたわらで眺めるのは好きだ。

それと反対に、神林はＳＭは見るものではなく、当事者となって行うものだと考えている。セックス行為はどうでもいいとさえ思っている。本番より、いたぶる過程がゾクゾクして興奮する。

美緒の尻にオムツを差し込んだ鹿島は、プッと笑った。

「ネンネがとうとう赤ん坊になっちまった。たっぷり洩らしていいぞ」

腰を包んで左手で押さえておき、また指を入れて膣の上部をこすりはじめた。

「んんん……いや……」

顔を歪めているものの、オムツでもっこりした尻をくねらせる美緒がおかしく、鹿島はやがて笑いだした。

「俺の趣味じゃないな。気が散ってダメだ」

オムツを開いた鹿島は、それを敷いたまま、ジャケットのポケットから出したバイブを女芯にねじ入れた。

太い黒い剛棒が飲み込まれたことで、友香はまた愕然とした。処女ではないとわかっても、そんなものが入るとは思いたくなかった。なぜ鹿島の手にかかったことを打ち明けてくれなかったのだと、友香は哀しかった。美緒の変化に気づかなかったのは自分のせいなのだとも思った。鳩尾《みぞおち》がキリキリと痛んだ。

ピンクの秘口が、精いっぱい口を開き、バイブを頬張っている。一本の単純な線が入っているだけに見えた肉饅頭の、その内側には、芽生えたばかりのような未熟な女の器官しかないが、一人前にグロテスクな異物さえ咥え込むことができるのだ。

花びらはメスの鶏のトサカのように小さく、肉棒に巻きつくことはできない。肉の芽は包皮に隠れていて、ちょっと見ただけではわからない。

バイブを押し、引き出すとき、最初は密閉された筒のような抵抗があったが、さほど時間がたたないうちに、蜜の助けでスムーズになった。浅く、浅く、浅く、そして、深く押し込む。

「ああん……いやっ……んんんんん」

母親の前で破廉恥なことをされる屈辱に、美緒は何とか拘束から逃れたいと、必死に手足を引っ張った。これまで鹿島にくくられたことなどなかっただけに、身動きできない状態でいたぶられるのも恐い。

「ぅうん……やめてっ……ああっ」

額に細い髪をこびりつかせた美緒は、ハアハアと荒い息を吐いた。

バイブを使われるのははじめてではないが、きょうはいつもと感じがちがう。子宮の底が切なくなる。鹿島のバイブの動かし方のせいだ。浅い膣壁をつつくようにしてはこねまわしている。裏側から肉芽をつつかれているようで、下腹部がズーンと疼いている。

また排尿感が迫ってきた。

「あああ、いやっ！　しないでっ！　しないでっ！　あっ！」

ひときわ激しく手足を動かした美緒が、短い叫びのあとでぴたりと動きを止めた。ほんの一瞬のできごとだった。美緒は生あたたかいものを噴きこぼしていた。尻に敷かれたオムツだけでなく、テーブルまで濡れている。

「せっかくのオムツが半分しか用をなさなかったじゃないか。オシッコを浴びた気持ちはどうだ」

濡れている鹿島の右手を眺め、神林が笑った。

「チッ、ようやく潮を噴いたと思ったんだが、これはオシッコだな。アンモニアの匂いがする。気をやる前に洩らしやがった」

美緒は軽く口を開き、どこか遠くを見るような目をしている。

「そんなネンネがＧスポを触られて潮を噴くはずがないだろう。潮を噴いたら逆立ちしてもいい。せいぜいアンモニア臭いオシッコを噴くのが落ちに決まってる」

神林のあざけるような口調に、鹿島はまた舌打ちした。

「それだけで休憩か？」

「ここに着くまでの間、二回フェラチオさせたからな。たっぷり飲んでもらった」

「まるで十代だな」

神林は呆れたという顔をした。

第六章　母娘の魔宴

1

「さあ、奥さん、今度は我々がお嬢さんに、素晴らしいプレイの見本を見せてやりましょうか。彼は単純なセックスしか教えてないようですから、どんな楽しいプレイがあるか知らないはずです。いえ、奥さんだってまだまだ知らないはずだ」

「いやっ！　触らないで！　今度こそ……今度こそ訴えます」

「誰に何をですか。合意のうえでここまでいっしょにドライブして来たのに、いまさら訴えるはないでしょう？　たとえ訴えても奥さんの負けですよ。思いきり辱めてと言ったのは、どこのどなたでしたかね」

神林《かんばやし》は鼻先で笑った。

「奥さんが言うことを聞かないときは、お嬢さんをこれでひっぱたいてくれないか」

神林はソフト六条鞭を鹿島《かしま》に投げた。お遊びの鞭で、叩いても音の割には効き目がない。

だが、はじめての者には鞭というだけでこたえるはずだ。

神林の思惑どおり、友香《ゆか》は眉根を寄せ、美緒《みお》は怯えた目をした。

「牛や馬じゃあるまいし。しかし、そういえば、愛の鞭って言葉もあるしな」

鹿島は鞭を使うプレイなどしないが、神林のプレイやショーを何度も見ているので、それがどんなものかは知っている。肌を傷つけないこともわかっていた。

先が六本に分かれ、力が分散される六条鞭を手にした鹿島は、わざと床を打ちのめしてみせた。バシッと派手な音がした。それだけで、ふたりの女は竦《すく》みあがった。

脅しが効いたことがわかった鹿島は、調子に乗って、美緒をくりつけているテーブルも打ちのめした。美緒の皮膚が鳥肌だった。

「鞭ってのもなかなかいいもんだな。友香があんたの言うことを聞かなかったら、これで美緒をひっぱたけばいいわけだな」

鹿島は鞭を振り上げ、美緒の太腿に打ち下ろす真似をした。

「ヒッ！」

萎縮した美緒が目を閉じた。

途中で鞭を止めた鹿島は、肩で喘いでいる友香に笑みを向けた。

「お嬢さんにこれをつけて繋いでくれないか。ヘソの緒ならぬ、ナニで繋がってもらいたいんだ」

神林は鎖のついた赤い首輪を差し出した。

ナニという言葉で神林のもくろみがわかり、鹿島は唇をゆるめて首輪を受け取った。

娘が犬のような首輪をつけられるのを見た友香は、近くにいながらどうすることもできない口惜しさと美緒に対する哀れさに、唇を噛んで首を振った。

鹿島は美緒に首輪をつけ、南京錠でロックすると、テーブルの拘束から解いた。美緒は足を踏ん張って動くまいとしたが、鎖を引かれると、鹿島の意志に従ってシャワー室に向かうしかなかった。

友香は柱から解放されると、淫らに開いた胸元を急いで掻き合わせた。

「私達に何の恨みがあるんです……どんな罪があるというんです……せめて、美緒にだけは酷《ひど》いことをしないで。あなた達は何をしているのかおわかりになってるの……？」

ふたりだけのときは神林に辱められることを納得していたものの、美緒や鹿島まで現れては、そんなことが納得できるはずがない。何としても美緒だけは守らなければならなかった。

「奥さん、美しいってことはそれだけで罪なんですよ。男はきれいな女を見ると欲情する。

欲情すれば、その美しいものを自分の方法でこってりとかわいがりたくなる。色っぽい奥さんと、奥さんに似たかわいいお嬢さんがここにいるのは、欲情させた男を癒すためです。欲情させたことへの償いと言ってもいいかもしれません。当然のことでしょう？」

あまりに勝手な神林に、友香はどんな言葉を返せばいいのかわからなかった。

「奥さんにはこれをつけてもらいます」

レザーのハイレグショーツのようなものから、黒い肉棒がニョッキリと突き出している。ショーツの形をしているものの、臀部が丸く切り取られ、穿けば双丘の谷間が丸見えになる。

屈辱的なものを差し出され、友香は目を凝らした。

「ペニスのついた奥さんを見たいんです。お嬢さんが戻ってくるまでにつけてください。でないと、かわいいお嬢さんが奥さんの代わりに鞭でお仕置きされることになりますよ」

美緒を人質にしていれば何でもできると確信している口調だ。確かに、美緒の名を出されては、無条件で従うしかない。

反り返ったペニスのついた黒いショーツを、友香は長襦袢をつけたまま穿いた。長襦袢の前がテントを張ったように飛び出し、それだけでも恥ずかしい格好になった。友香は両手で顔を覆った。

シャワーを浴びた美緒が連れ戻されてきた。すぐに友香の長襦袢の不自然さに気づいた鹿島は、クッと笑った。その下の黒いものがうっすら透けている。

美緒も異様な膨らみを見つめた。友香は身をよじるようにして屈辱に耐えていた。

「お嬢さん、ママのペニスはどうだい？」

神林は長襦袢の裾を左右に割った。

「いやっ！」

友香はいっそう激しく身をよじった。

腰の肉棒を見て、美緒は目を見開いた。長襦袢をつけ、足袋を履いている友香の腰には、黒いショーツだけでも不自然だ。それに、男と同じ疑似ペニスがついていては、声も出ない。

「美緒、大きなペニスを見たらどうすればいいんだ。ひざまずいてナメナメだろう？」

友香の腰から生えたペニスに喉を鳴らしている美緒の肩先を、鹿島はグイと押してひざまずかせた。

顔を覆ったままうしろを向いた友香に、鹿島はテーブルから取った六条鞭を床に振り下ろして脅した。友香の肩が竦んだ。

「尻っぺたもいいが、膨らみはじめたオッパイあたりを打ってみるか」

「ママァ……」

美緒が鼻をすすった。

昔の男への憎悪と屈辱に胸を波打たせた友香は、乾いた唇の狭間から、あたりに聞こえるほど荒い息を吐き出した。そして、娘に向かって腰の肉棒を突き出した。

「ナメナメしろ。上手にしないとコレだからな」

鹿島は房鞭を美緒の顔の前で振って見せた。

黒い肉根を見つめた美緒は、おずおずと顔を上げて友香を見た。

苦痛に満ちた顔をした友香は、一瞬顔をそむけた。だが、それから、ゆっくりと顔を戻し、ゴメンネ、と唇だけを動かした。

鹿島に後頭部をつつかれた美緒は、また鼻をすすり上げた。そして、花びらのような唇を開いて冷たい肉棒を咥えた。咥えたものの、すぐには動けなかった。

美緒の小さな背中を、鹿島は鞭でくすぐった。それから、軽くはたいた。背中から総身へと美緒の肌がそそけだった。美緒は頭を前後させ、疑似ペニスを愛撫しはじめた。

やわらかいシリコンでできたものとはいえ、これまで口で愛撫してきた鹿島のものと感触がちがう。自分が何をしているのか考えると、パニックに陥ってのぼせそうになる。すぐに顔が真っ赤になり、こめかみや額に汗が滲んだ。単純に頭を前後させることしかできない。それが美緒にできる精いっぱいのことだ。

美緒を見おろす友香は、娘が不憫でならなかった。

まだ美緒は性のことなど何も知らないと思っていた。春に中学生になったばかりというのに、こんなことを覚えさせられ、あわあわとした唇を開いて頭を動かしている。

母として二度と屋敷には戻れない気がする。何もかも自分が蒔《ま》いた種だ。十数年前、鹿島のような誠意のない男に抱かれてしまった落ち度が、こうして娘にまで及んでいる。まだブラジャーもいらないような小さな乳房や細い肩を見ていると、友香は切なくて泣きたくなった。

「おい、もっとうまくナメナメしないか。そんなことでイケると思うか。いつもはもっと上手にやってるじゃないか。舌を動かせ。吸い上げたり、ジュパッと音をさせたりしてやらないか」

鹿島は鞭の柄で美緒の背中をつついた。美緒は慌てて口内を真空状態にして頬をくぼませた。舌で側面を舐めまわした。肉茎を出し、亀頭をピンクの舌でチロチロと舐めた。そうしながら、落ち着かない視線であたりを見まわした。こんな破廉恥なことなど友香の前でしたくない。早くやめろと言ってくれないかと、美緒は祈るような気持ちだった。

「奥さん、娘から大切なものをおしゃぶりされる気持ちはどうです？　一所懸命やってくれたんですから、今度は奥さんがお礼に、娘さんのオ××コをおしゃぶりしてあげるばんですよ」

「そんな……」

神林の言葉に友香は絶句した。

「美緒、ママがアソコをナメナメしてくれるぞ。嬉しいか。ナメナメしやすいようにアンヨを広げろ」

鹿島がはずんだ声で言った。

「いやっ！」

美緒は立ち上がって逃げようとした。だが、鹿島の手に首輪の鎖が握られているのを忘れていた。鹿島から勝手に離れることで、自然に首が締まった。

「くっ！」

首と首輪の間に手を入れて、美緒は咳《せき》こんだ。目尻に涙が滲んだ。

「乱暴なことはしないで！」

美緒に駆け寄った友香は、ポニーテールが揺れている頭を掻き抱いた。疑似ペニスが美緒の腰に突き当たった。

「いつ俺達が乱暴したんだ。楽しい時間を過ごすためにここに集まったんじゃないか。楽しいことをしろと言ってるだけだ。おまえはこの社長にいやらしいことをされると、びっしょり濡れると聞いてるぜ。美緒もな、俺とふたりだと素直に従うんだ。そう意識せず、気軽に楽しもうじゃないか」

「奥さんがイヤなら、せっかく立派な梁があるんです。お嬢さんを吊るしてあげてもいいですよ。私が縛りの好きなのはご存知でしょう？　ここじゃ、なんだってできる。縄は芸術です。首輪なんかよりよっぽどいい」

赤い縄を手にした神林が、薄い笑みを浮かべ、美緒のうしろからさっと縄を胸にまわした。それを止めようとする友香を、鹿島が自分の方に引き寄せた。

「いやあ！」

暴れる美緒と格闘しながら、神林は何とか乱雑な胸縄をほどこした。小さな乳房が上下から絞りこまれ、ひしゃげたようになった。

鳩尾から伸びている余った縄は股間を通ってうしろにまわった。それを神林がいたずらでもするようにグイと引き上げた。

「あう」

柔肉のあわいに食い込んだ縄の痛さに、美緒は足裏を浮かせた。

「縄がはじめてなら、股縄もはじめてだろう？」

クイクイと縄尻を引き上げる神林に、美緒は声をあげながら爪先だった。

ナイーブな割れ目を襲っているのは綿ロープだ。麻縄や、けばだった荒縄に比べればやさしい材質の縄だが、強引に股間に食い込めば凶器のようになる。

「あう！　痛っ！」

「股縄ダンスもなかなかのもんだな」

友香を羽交い締めしている鹿島が、秘芯を守ろうとして浮き足を繰り返す滑稽な美緒を眺めて笑った。

「やめてっ！　お願い！　しないでっ！」

同じ性愛器官を持った女として、美緒の痛みがわかるだけに、友香は娘を苦痛から解放してほしいと哀願した。

「股縄をして、ソコから吊り下げてみようと思うんですけどね」

神林は冷酷な目を細めて、太い梁の渡っている天井を指さした。

「それとも、言われたとおり、お嬢さんのオ××コをしゃぶりますか。どっちでもいいんですよ」

言い終わると同時に、神林はまたクイクイと股間の縄を引っ張った。

「あん、いやっ！　ママァ！」

美緒が泣き声を出した。

「やめて……もうしないで」

後者を選んだ友香が、がっくりと肩を落とした。美緒はこれから何をされるかわかっているだけに、胸縄をされたままイヤイヤをした。友香から逃げようとした。股縄を放した神林に、鹿島も友香を放した。

「ナメナメしやすいようにしてやるか」

美緒をうしろから抱えた鹿島は、幼い少女に小水をさせるときのように、太腿を支えて左右に大きく開いた。

「いやあ！」

パックリくつろげられた秘園を友香に向けられ、美緒は膝から下をばたつかせた。

美緒の屈辱を思うと、友香は胸がキリキリと痛んだ。いっしょに風呂に入っても、柔肉のあわいまで見ることはなかった。まだ恥毛の生えていない部分を目にすることができても、秘貝の中は慎み深く隠されていた。それを、男達のいる前で大きく開かれているのだ。

友香は顔をそむけたかった。だが、それもできない。ふたりは美緒のそこを、口で愛撫しろと命じている。

美緒を小水スタイルにして抱えたまま、鹿島は大きなテーブルに腰掛けた。膝の上に美緒を乗せ、美緒と同じだけ、自分の脚も開いた。

友香は神林に背を押され、よろけるように美緒の前に立った。美緒を少し見おろすようになった。美緒は顔を上げて潤んだ目を向けた。

「ごめんなさい……全部ママのせい……ママがいけないの」

かすれた声で詫びた友香は、その場にひざまずいた。そうすると、ちょうど美緒の花園の位置が目の前になった。

濡れた真珠のように美しい器官だ。器官全体が不安と羞恥にプルプルと震えている。美緒が尻をくねらせているせいだ。

「いや。見ないで……ママ、見ないで」

隠されているところを鹿島に見られたときも恥ずかしかったが、今は、友香に見られる方が屈辱だった。美緒は太腿を合わせようと、内側に向かって力を入れた。だが、指が食い込むほどがっしりと下側から握られており、九十度より狭くはならなかった。

友香は美しい美緒の器官に痛ましさと愛しさを覚えた。息苦しかった。外側の陰唇を震える手でくつろげた。

「いやあ！」

悲鳴に似た声が洩れ、美緒の尻が左右に動いた。

陰唇の中の二枚の双花は、花びらというより萌え出したすぐの新芽のようでやけに小さい。

友香はそこに顔を埋め、左の花びらの縁を舌でなぞった。

「くううっ」

美緒の内腿が引き攣《つ》った。

とろけそうなほどやわらかい花びらの感触を知ると、美緒がいっそう愛しくなった。この美緒だけは命を賭けても守ってやらなければならない。友香はもう一枚の花びらを舌でなぞった。

「んんんっ」

鹿島の膝に乗っている尻肉が大きくひくついた。蜜が女芯から溢れ出した。とろりとした透明液は、宝石のように輝いている。

(ああ、美緒……濡れるようになっていたのね……ママと同じ女なのね)

感動と哀しみで胸がいっぱいになった。涙が出そうになるのをこらえ、友香は女壺の口から包皮に隠れている肉芽に向かって、そっと粘膜を舐め上げた。

「くうううっ」

美緒が顎を突き出し、眉根を寄せた。あっけなく訪れたエクスタシーに、成長途上の躰が細かく打ち震えた。絞り出されるように溢れた蜜が、会陰を伝い落ちていった。

2

別荘の外では夏の太陽がギラギラと照りつけていた。

携帯電話で吾朗《ごろう》と話をする奈良谷《ならや》は、暑さと苛立ちに拳を握って地面を叩いた。

「俺ひとりでやれる。おまえを待てるはずがないだろう。アフターファイブになってこっちに向かうつもりか。冗談じゃないぞ。今話しただろう。オフクロさんだけの問題じゃないんだ。妹もいっしょなんだぞ。好きでいっしょにいるならしかたがない。しかし、そうじゃないのは盗聴器から聞こえてくる話でわかる。それに、奴ら、口で言うのもはばかられる変態行為をやってる。待てとはどういうことだ。えっ?」

奈良谷は語気を強めた。

吾朗に頼まれていたとおり、藤野邸から出た友香のあとをつけ、神林のベンツに乗った友香を追いかけた。

この別荘にふたりが入った。精密な機能を持つ盗聴器を建物の外に取りつけた。それだけで中の話がよく聞こえた。最初はただの不倫かと思った。

だが、あとで、もう一台の車が来た。若い女には見覚えがあった。二年ぶりに見る美緒だった。奈良谷はどうなっているのかと混乱した。

男はドアの前で美緒をうしろ手に縛り、目隠しした。そして、ドアを叩いて中に入った。

盗聴器から伝わってきた会話で、どうやらふたりの男達が、友香と美緒をここで会わせる計画を秘密裏に練っていたのだとわかった。それから、胸糞悪いとしか言いようのない時間がはじまった。

奈良谷はひとりで建物に侵入し、男達を叩きのめして友香と美緒を救うつもりだった。ふたりを倒す自信はあった。だが、まんいち失敗したときのことを考え、吾朗に報告しておくのが賢明だと思った。

奈良谷はいかに最悪の状態かを吾朗に説明した。たった今、突入すべきだとも言った。吾朗はすぐに合意するものと思った。しかし、意に反して吾朗は、待て、と言った。

「すぐにそっちに行く」

「すぐだと？　跡継ぎとはいえ、ただのサラリーマンと言ったじゃないか。五時に出て、何時にこっちに着くと思うんだ。そんなに待っていられるか！」

「練馬から高速で横川までだいたい百二十キロ。ぶっ飛ばせば一時間弱だ。横川からそのあたりまで十キロと言ったな。たった今、退社する。一時間……それが無理でも、一時間半以内には着いてみせる。この目でしっかりと確かめて、そいつらをぶちのめしたいんだ。俺が自分の手でぶちのめしてやりたいんだ。おまえには俺の気持ちがわかるだろう？　他人じゃなく、俺の手でやりたいんだ」

「俺は他人かよ」

奈良谷は気分を害したように吐き捨てた。

「悪かった……だが、俺の気持ちはわかるだろう？　頼む。俺が着くまで手を出さないでくれ。俺の手でぶちのめしたいんだ」

血が逆流するほど憤っている吾朗がわかるだけに、奈良谷はあきらめるしかなかった。

「チッ、わかった。横川のサービスエリアを出たところで待ってる。こんなところでじっと待っていられるか。胸糞悪ィ！」

また奈良谷は地面を力いっぱい拳で叩いた。

3

友香の舌に触れられて気をやった美緒は、何度も細かい痙攣を繰り返したあと、ぐったりとなった。ぼんやりした目を宙に向け、軽く唇を開いていた。

「美しい母子の愛情物語だ。しかし、これからが本番ですよ、奥さん」

美緒が絶頂を極めると、友香はいまさらながら自分の行為に唖然とした。娘に何というおぞましいことをしてしまったのだろう。神林の言葉など耳に入らなかった。

「お嬢さんを四つん這いにしてくれないか」

神林の言葉に、鹿島は美緒を膝から下ろした。神林がふたりに何をさせようとしているのか、これまで何度か彼のプレイを見てきた鹿島にはわかっていた。友香が疑似ペニスをつけられたときから、ことのなりゆきに期待しているのだ。

「このままケツだけ上げてもらったほうがいいだろう？」

鹿島は美緒のいましめを解く気がなかった。

「美緒、このまま四つん這いだ。手のかわりに頭をつけろ。尻をうんと突き出せよ」

エクスタシーの余韻でぼっとしていた美緒は、新たな屈辱の形を命じられ、泣きそうな顔をして首を横に振った。

「そろそろこれを試してもらいたくなったか？」

黒い房鞭を取ると、美緒はいっそう大きく首を振った。鹿島は向こう向きに美緒をテーブルに押しつけ、尻たぼに鞭を振り下ろした。

「あっ！」

友香と美緒が同時に声を上げた。派手なだけの肉音もいっしょだった。

「下手だな。鞭にも要領があると何度も言ってきたはずだぞ」

小道具が載っている丸テーブルから別の鞭を取ろうとした神林を、友香がいちはやく見つけて止めた。肩で息をしていた。

怯えた目をした美緒は、痛みより、恐怖におののいていた。

「ひっぱたかれたくなかったらお利口さんにしろ」

鹿島は美緒の肩を下に向かって強く押した。膝を折った美緒は、ゆるゆると上体を傾けていった。頭が床についた。かわいい尻肉が震えている。

いましめをされたまま屈辱の体勢を取らされた美緒を見つめ、友香は鼻孔が熱くなった。だが、次の神林の言葉に、頭を殴られた気がした。涙をこぼすことも忘れた。

「さあ、お嬢さんのオ××コに奥さんのペニスを突っ込んでください。クンニリングスも終わったんです。次は本番が順序ってものですからね」

ただ辱めるために異様なショーツを穿かせられたのだと思っていた。しかし、神林は最初から、その剛直で美緒を突かせるつもりだったのだ。

「そんなこと……そんなことできません！」

話を聞いていた美緒は、慌てて躰を起こそうとした。その肩先を鹿島が押さえつけた。

「奥さん、それはただのアクセサリーでつけてあるんじゃないんです。ペニスのない女が同性を、あるいはマゾ男のうしろを犯すための道具です。オ××コがイヤならお嬢さんの菊の花のほうを突いてもいいんですよ。アヌスをね」

「いやあ！　放してっ！　いやあ！」

尻を落とし、左右に腰を振って、美緒は鹿島の手から逃れようと必死になった。

「奥さんがやらないなら」

神林は特大の太いバイブを取った。勃起した肉杭より、ひとまわりもふたまわりも太い。

「これを、私がかわいいオ××コに入れてみましょう。女の壺は伸縮自在ですから、ねじ込めば何とか入るものですよ。邪魔をすると、奥さんをさっきの柱にくくりつけることになりますよ」

友香は美緒に近づく神林に取りすがった。

「邪魔をしないでほしいと言ったばかりですよ」

これまでとちがう険しい目をした神林は、友香の腕をひねりあげると、柱を背に、手っとり早く手錠で拘束した。

「ママがしてくれないんじゃ、しょうがないなァ、お嬢さん。どれ、もうオツユは乾いてしまったかな」

すっかり尻を落としてもがいている美緒の背後に立った神林は、両手で腰をすくい上げ、菊蕾が天井に向くほど高く掲げさせた。

「おお、かわいいお尻だ。オ××コもいいが、お尻でするのもいいものなんだ。まだ教えてもらってないだろう？　私が教えてやろう」

神林が片手を離しても、腰は軽々と持ち上がっていた。片手で尻を撫でまわすと、美緒は必死に尻を振りながら声をあげた。両手はいましめで動かせないうえ、肩先を鹿島が押さえているので、抵抗らしい抵抗もできない。

「やめてっ！　美緒に手を出さないで！」

うしろ手に手錠をかけられている友香は、体重をかけて腕をグイグイと引いた。太い柱はびくともしない。

友香が動くたびに腰が突き出され、まるで長襦袢の下のペニスが肉壺をうがっているように見える。鹿島はそれに目をやり、ククッと笑った。

「イヤと言いながら、あんなに腰を振りたくってやがる」

顎をしゃくった鹿島に、神林は友香を振り返った。

「上品な長襦袢の下で淫らなペニスが勃起してる奥さんを見たら、みんな何と言うでしょうね。そうだ、それも記念に撮っておきましょう」

神林がカメラを向けると、友香は精いっぱい首を曲げ、顔を撮られまいとした。ストロボが光った。

「おい、美緒のケツも撮ってくれ」

「カワユイお尻か。よし、まうしろから芸術的に撮ってやろう」

下卑た笑いを浮かべた神林は、左右に動きつづける美緒の白い桃尻がファインダーいっぱいに広がったとき、シャッターを押した。

鹿島と神林は目を合わせてはニヤリと笑った。こういうことをするのははじめてではない。次にどういうことになるかおおよそ見当がつく。ふたりは目だけで意思が通じた。

（次はアレか。社長も好きだな）

（あんたも嬉しそうにしてるじゃないか）

そんな無言の会話のあとで、神林はぬるま湯を用意して、二百ccの太い浣腸器にたっぷりと吸い上げた。

「お尻でする前には、お浣腸をしてきれいにするのがエチケットなんだ。うんと我慢するんだ、お嬢ちゃん」

「美緒、見ろ。ヘンタイオジサンはあれが好きでな。暴れるとガラスが割れてケツに突き刺さるからおとなしくしろよ」

押さえつけていた肩を持ち上げた鹿島は、浣腸器を手にしている神林の方に美緒の顔を向けた。

自分の手首ほどもありそうな太いガラスシリンダーを見た美緒は、ブルッと身震いした。

「動くとかわいいケツが血だらけになるんだぞ」

また鹿島は美緒の肩先を押さえつけた。

尻をできるだけ低くしようとしている美緒の腰を片手ですくった神林は、尻たぼをパシリと叩いた。それから、いったんかたわらに置いた浣腸器を取り、菊口に押しつけた。

「しないで……」

尻肉が緊張し、菊蕾もますます堅くすぼんだ。

「力を抜かないと切れ痔になるかもしれないよ、お嬢ちゃん」

ねじるようにしてガラスの嘴《くちばし》を菊蕾に押しつけた。

「痛っ」

細い嘴さえ入らないほど菊口は堅く閉じている。神林はまたシリンダーを置いた。高く腰をすくい上げ、尻たぼを力いっぱい打擲《ちょうちゃく》した。

「痛っ！」

「腫れ上がるほどペンペンされないと言うことを聞かないのかな」

叩いた尻を撫でまわし、また一撃を浴びせた。バシッと派手な肉音がした。

「あうっ！」

尾骶骨《びていい》に響くような打擲に、たった二発で皮膚がひりついた。三度、四度とつづけざまにスパンキングされると、目尻に涙が溢れた。次の一発が来ないうちに、恐怖に皮膚がそそけ立った。

「まだ足りないかな」

「ヒッ！　ぶたないでっ！」

美緒が叫んだ。

小さいときから、友香も直樹も美緒に手をあげたことはなかった。舐めるようにかわいがって育ててあげた。それだけに、いくらスパンキングとはいえ、肉音がはじけるたびに、友香は気も狂わんばかりに身を乗り出した。拘束から逃れ、何とか美緒を救わなければと必死になった。

「おとなしく尻を上げられるかな、お嬢ちゃん」

「ぶたないで……」

美緒はびくつきながら自分から尻をかかげた。

浣腸器の嘴がひくつく菊蕾に突き刺され、こんどはすんなりと沈んでいった。神林はゆっくりとピストンを押していった。

「くうう……」

ぬるま湯が腸に注入されると、すぐに腹痛がした。

「お腹が痛い……いや」

太腿がブルブルと震えた。

「ちょっと我慢すればおさまる。それからまた痛くなるがな」

神林は最後までピストンを押しつづけた。

「社長も好きものだな」

たっぷりとぬるま湯が注ぎ込まれるのを見ていた鹿島が、美緒の肩から手を離した。

「あんたはこういうこともしないで、よく間が持つな。セックスだけじゃ飽きるだろう」

「飽きたら人間おしまいだ。まだまだ飽きそうにないな」

ふたりの会話も上の空の美緒は、腹痛と排泄の危機に、総身にじっとりとあぶら汗を滲ませた。

「おトイレ……解いて」

今にも粗相してしまいそうで、美緒は必死になって菊蕾に力を入れた。

「はじめてじゃ、そう我慢できないな。よし、トイレだ」

いましめのままの美緒を鹿島から預かった神林は、苦痛に喘ぐ美緒をトイレに向かって押しやった。

「解いてっ」

「このままだ」

神林と美緒が部屋から出て行った。

友香はドアを見やり、肩で喘いだ。美緒のように、汗にまみれていた。

「これまで社長がおまえに何をしたか、とうに聞いてるぜ。ビルの階段でもやったんだってな。社長はヘンタイ行為が大好きなんだ。そうとう派手なことをやるんだが、きょうの日の楽しみにとっておきたいからと、ずいぶん我慢してきたんだぜ。ケツにパールは入れたが、まだうしろではしてないと言ってたな。ケツからパールをぶら下げてる写真を見せられて呆れたぜ。好きなんだよ、社長はそんなのが。俺がいかにまじめなノーマル人間かわかっただろ」

破廉恥な写真を鹿島に見られたと知り、友香の顔が真っ赤になった。耳たぶも染まった。汗が噴き出した。

「美緒はウンチをするところを見られてるんだ。たいていの女は、見られたくない姿を正面から見られると素直になるもんだとさ。どうだ、そう思うか？　まあ、あとでおまえもたっぷり浣腸されてトイレに連れて行かれることになるさ。おまえは美緒の倍、ぶち込まれるかもしれないな」

ニヤニヤしている鹿島と対照的に、友香はここにいる間、母娘でどれだけの屈辱を味わわされるのかと絶望的になった。恥辱にまみれた時間が恐い。そして、それ以上に、ここから戻ったあとの美緒との生活が恐かった。

「この別荘は困ります……でも、ほかの別荘なら、何とか夫に頼んで買うようにします……だから、これ以上辱めないで……せめて美緒だけは帰してあげて。お願い」

さっさと別荘を買っておけばよかったのだろうか。友香は最悪の状況から逃れられるなら、どんな代償も払うつもりになっていた。

「この別荘がどうして困るんだ。記念に買っておけばいいじゃないか。ともかく、契約と楽しいことはまた別だ。別荘を買いたいなら、近々屋敷に行くから、そこで契約してくれ。しかし、正直言って、これは見られたもんじゃないな」

長襦袢の前を不自然に尖らせている疑似ペニスを、鹿島は布越しにつかんだ。

美緒のことやこれからのことで頭がいっぱいになっていた友香は、腰の肉根をひとときされていただけに、ハッとしてまた汗ばんだ。

第七章　相姦の地獄

1

排泄を見られ、乙女心を傷つけられた美緒《みお》が、いましめのまま引き戻されてきた。無言でうつむいている。ショックを隠せないでいる。

「シャワーも浴びて、お嬢さんの下半身はきれいなもんですよ。なにしろ、腸の中までさっぱりしましたからね。さて、これから、そのさっぱりしたうしろに太い奴を入れてみようと思ってるんですが、奥さんのペニスでオ××コを突いてくれるなら、うしろはやめておきましょう。どうします？」

神林《かんばやし》は丸テーブルから、やや細めの張形を選んだ。細めとはいえ、直径二センチはありそうで、そんなものがうしろのすぼまりに入るとは思えなかった。

神林はそれを掌の上でしごいて見せた。

「やめて……」

「お嬢さんのマエかウシロか、どちらかを選ぶしかないんですよ」

イヤと言う選択の余地はなかった。男ふたりの前で、自分達は自由のまったくない奴隷の身でしかないことを友香は思い知った。

「そんなもので美緒を虐《いじ》めないで……おっしゃるとおりにしますから」

美緒も自由がないことを悟っていた。それでも、友香に突かれたくはなかった。友香の決意の言葉を聞くと、やはり逃げることしか考えられない。無駄と知りながら、あたりを窺った。

「ほら、決まりだ。美緒、さっきみたいにケツを出せ。バックからの方が感じるのは実験済みだからな。もっと嬉しそうな顔をしないか」

鹿島《かしま》がむりやり美緒の肩を押さえ込み、さっきの状態に戻した。美緒がもがいた。

神林は友香の手錠をはずし、長襦袢も剝ぎ取った。白い足袋がそのままだけに、黒い肉棒のついたレザーのショーツは、やはりちぐはぐで異様だ。

「お嬢さんのオ××コは乾いてしまってるでしょうから、指か口で触ってやってからの方がいいんじゃないですか？　ムスコは濡れた壺に入れるものですからね」

汗で総身がねっとりしているものの、友香の顔は蒼白だ。匂い立つような熟した女の躰《からだ》から生えた黒い肉茎が、ゆっくりと美緒に近づいていった。

あきらめて覚悟した友香は、美緒のうしろにひざまずいた。美緒は尻を左右に振りたくっている。これからのことを総身で拒んでいるのがわかるだけに辛い。白い双丘をそっと撫でた。

美緒はビクリとして動きを止めた。鹿島に肩先をがっしりと押さえ込まれているので頭を動かすことができず、周囲を見ることもできない。それでも、今までとちがうやさしい感触のやわらかい手が、心底愛しそうに肌を撫でまわしていることで、それが友香の手だとすぐにわかった。男のものでないとわかると、ホッとした。だが、同時に、これから何をされるか考えて泣きたくなった。

友香は息を止めて美緒の花園に手をやった。また美緒がヒクリとした。さっき気をやってじっとり濡れていた秘芯も、今ではすっかり乾いている。このまま肉棒を入れることはできない。

美緒に苦痛を与えるわけにはいかないと、友香は頭をクラクラさせながら指で肉の豆に触れた。

「あん……」

美緒の尻がヒクッと浮き上がった。

やさしすぎる指は、小さな肉の突起を揉みしだきはじめた。真綿のようにやさしく触れ、微風に似たかすかな触れ方で肉の芽を揺らした。

「あぁん……ママァ……いやん……うくっ」

心地よい刺激に、美緒の鼻から熱い喘ぎが洩れた。けれど、友香からの愛撫とわかっているだけに、そのまま心地よい感触に浸っていることもできない。

「いやん……ああ、ママッ、いや……」

尻たぼを右に左にと大きく振り立てた。

美緒の肩を押さえている鹿島は、友香の娘に対する行為にも、美緒の歳に似合わぬ色気づいた尻の振り方にも昂ぶった。

神林は目を細めながら、友香の上品な指が淫らに美緒の股間で動くのを眺めた。そして、美緒とはちがう熟しきった豊臀をねちっこい視線で見つめた。友香の菊蕾を嬲《なぶ》りたくてたまらなくなった。

「うんうんうん……いやん……うくっ」

体温を上げてきた美緒の総身が、またたくまに薔薇色に染まってきた。友香も指を動かしながら熱い息を吐いた。潤いのなかった肉芽がヌルヌルしてきた。花びらもぬめっている。秘唇に指を入れてみるまでもない。美緒は肉棒を受け入れる態勢になったのだ。

（こんなに濡れてるわ……でも……私が美緒を突くなんて……そんなこと……そんなおぞましいこと……）

唇が乾いて息苦しくなってきた。

「モミモミはもういいんじゃないか？　美緒がいい声あげてるじゃないか。そろそろやれよ」

悠長なプレイより本番主義の鹿島は、反り返っている自分の肉棒を、さっさと肉壺に入れたくなった。だが、神林は母娘をねっとりといたぶるのが楽しみなのだ。ここで母娘を引き離して自分の欲求を遂げれば、神林は気を悪くするだろう。となれば、友香の行為を急がせるしかない。

友香が美緒とひとつになって腰を動かせば、神林も納得するのだ。それで一件落着。ひと休みというわけで、鹿島は美緒か友香を存分に抱けばいい。

ふたりで女をいたぶるのは楽しいが、神林とプレイの趣味がちがうだけに、ときどき鹿島はもどかしくなる。そんなことはどうでもいいだろう、早くやっちまおうぜ、と言いたくなる。どうでもいい女相手のプレイなら、悠長な神林を見物しているのも楽しい。だが、目の前のふたりの女は極上で、しかも、もともと自分の女なのだ。

神林といると、時間が急にゆっくりと動き出す。黙っていれば、一時間どころか、二時間でも三時間でも本番なしで女を羞恥責めにして悦んでいる。よく我慢できるものだと、鹿島は感心するより呆れてしまう。

一時間もあれば二、三度犯ることもできる。正常位、バック、側位、騎乗位に立位、そのほか、いくらでも楽しめる。挿入にこそ快感があるのにと、鹿島は単純に思っていた。

「私が太い奴でお嬢さんを突いてやった方がいいかな」

神林の声に、友香はすぐさま首を振った。

「美緒……じっとしててちょうだい……美緒……ごめんね」

「いやっ！　ママ、いやっ！」

いよいよ友香の腰から伸びた肉棒で貫かれるとわかり、美緒は尻を振りたくった。

友香をかたわらに押しやった神林が、美緒の小さい尻たぼを平手で打ちのめした。

「ヒッ！」

「やめてっ！」

さらに手を振り上げた神林を、友香が必死に押さえた。

「美緒、ケツを上げろ。社長が鞭を持ったぞ」

荒い息をしている美緒は、鹿島の言葉に騙され、打擲《ちょうちゃく》されたくないばかりに尻を持ち上げた。

高くかかげられた尻肉の下方で、パックリ開いた女園がぬめ光っている。真珠より美しく輝いているピンク色の粘膜に、友香はそっとグロテスクな人工の肉棒を押し込んでいった。

「くっ……」

美緒の躰が硬直した。みじろぎもしなくなった。

秘壺にはかすかな抵抗があるが、友香が想像していた以上にすんなりと異物を受け入れていく。子宮壺にあたり、それさえ突き破って内臓を傷つけるのではないか……。そんな不安がふっと友香の脳裏に芽生えたとき、肉棒が根元まで沈んで止まった。

美緒の背中が汗で光っている。中心を貫かれてじっとしている。だが、荒い呼吸と張りつめた緊張は、友香にも十分に伝わってきた。

美緒は痛みを訴えていない。ということは、内臓まで貫いてはいないということだ。一抹の不安が消えた。友香は腰を引いた。そして、また近づけた。

女として突かれる立場でしかなかった友香は、不器用にしか抜き差しできなかった。それでも抽送のたびに美緒が声をあげた。

「社長、もういいだろう？　ムスコがビンビンだ。偽物より本物がいいに決まってる。友香と交代させてくれ」

母娘の交合は興奮するものの、友香の動きがもどかしくてならない。鹿島はすぐにでもズボンを脱いで美緒を犯したかった。

「しょうがないな。ちょっと待ってくれ」

神林が友香に美緒と同じ赤い首輪をつけ、南京錠を掛けた。鍵は、友香が手を伸ばしても届かないように、椅子を持ってきて太い梁に載せた。そこに、美緒の南京錠の鍵もいっしょに並べた。

「よし、交代だ」

友香を美緒から離した神林は、友香の首輪から伸びている鎖を柱に繋いだ。

「奥さん、お嬢さんを犯す姿をうしろから見ていたら、豊満なお尻が色っぽくて、クラクラしましたよ。その色っぽいお尻をかわいがってあげましょう。きょうの日を楽しみに我慢してたんです。まずはコレからです。四つん這いになってください」

神林は二百ccの浣腸器に、本体からピストンがはずれるほど、目いっぱい三百ccほどのぬるま湯を吸い上げた。

友香は屈辱に肩先を喘がせた。喉を鳴らしながら首を振った。

「縄も手枷《てかせ》も足枷も、何だって用意してありますからね。彼に手伝ってもらえば奥さんをどんな格好にすることもできるんです。そのお尻をグイと突き出した格好でくくりつけることなんか朝飯前ですよ」

神林達の会話を聞きながら、鹿島は反り返った剛直を、バックから美緒の秘壺に突き刺した。

「んん……」

うしろ手にくくられ、赤い首輪をつけられている美緒は、床に這うような、犯される女そのものの姿で太い肉根を受け入れるしかなかった。

「おお、いつもよりいい感じだ。ママからスケベなことをしてもらったせいか？」

美緒の秘芯に太い肉根が押し込まれたのを見た友香は、目を見開いて唇を震わせた。

「友香、まだぐずってるのか。美緒はあきらめがいいぞ。社長、なんなら、友香をひっくくる手伝いをしてやろうか。股ぐらが閉じないようにくくっておくといい」

ことさらグイと剛直を沈めなおしながら、鹿島は神林にというより、友香に聞かせるために言った。

「グラマーな尻の方をじっくりとかわいがってやりたい。手伝ってもらおうか」

「ああ、社長のためなら、ひと肌でもふた肌でも脱いでやる」

快く返事した鹿島は、いったん美緒から肉棒を出した。

「待って……くくらないで……」

ひざまずいた友香は内腿を震わせながら上半身を倒し、両手を床につけた。身動きできない躰をもてあそばれるより、少しでも自分で動ける体勢を保っていたい。それを自分の意志で選択できる最後の機会だ。ささやかな望みをかなえてもらうためとはいえ、首輪をつけられて犬の格好をしているのが哀しかった。

ひくつく堅い菊蕾にガラスの嘴《くちばし》が刺された。たっぷりとぬるま湯が注入されていった。

「あう……もう……許して」

はじめての浣腸に、たちまち腹痛が訪れた。総身にあぶら汗が滲んでいった。それでも、ゆるゆるとぬるま湯は注がれていく。気が遠くなるほど長い時間だった。

「ああ……お腹が……」

四つん這いになった手の指を床に食い込ませるようにしながら、友香は耐えがたい痛みに顔をゆがめた。嘴が抜かれたとき、すぐに上体を起こして神林に取りすがった。

「時間をかけた方が腸はきれいになるんです。もうしばらく我慢してもらいますよ。きれいになったら、まずこれを入れてみましょう」

あぶら汗をこぼしながら苦痛に喘ぐ友香を楽しみながら、神林は先の丸いピンクのほっそりした棒を手にして見せた。

「これがスムーズに出し入れできたら、次はこれです。少しずつ大きいのを入れて、最後は私のムスコを咥えてもらいますよ。ここにいる三日のうちに」

太さのちがう拡張棒を数本掌に乗せた神林に、友香の乳房が激しく波打った。腹痛と拡張棒に対する恐れに、腋下から汗がしたたり、額や乳房のあわいの汗が玉になって伝い落ちていった。

「ああう……おトイレに……」

友香は苦しげに喘いだ。

小刻みに震える唇のあわいから、真っ白い小粒の歯が覗いている。眉間に刻まれた皺と、苦痛から解放してくれと哀願している目に、嗜虐的な神林は精神的なエクスタシーを感じて惚れ惚れした。

「奥さん、きれいですよ。どうしてそんなにそそる顔をするんです」

いつになくいきり立った肉棒を持て余した神林は、衣服を脱いで裸になった。

「せっかく上等の首輪をつけてるんです。さっきのように犬の格好をしてください。そうやって必死にうしろをすぼめているだけ、8の字筋で繋がっている奥さんのオ××コは、ムスコを食いちぎるほど締まってるんでしょうね」

「ああう……あとで……どうかおトイレに……」

「オ××コにこいつを入れるのが先です。考えてる暇はないでしょう？」

神林の言うとおりだ。考えている時間などなかった。一秒を争うときだ。鹿島に突かれている美緒の姿をチラリと眺めて顔をゆがめると、ふたたび犬の姿に戻った。

神林はまず豊臀を割り、堅くすぼんでいる菊蕾を眺めた。今は指一本も押し込むことができないだろう。排泄の危機に直面し、友香は精いっぱい耐えている。精いっぱい菊蕾を閉じているのだ。ただでさえ堅い蕾をこじ開けられるわけがない。

尻肉から手を離した神林は、女園を探り、肉杭を秘口に押し当てた。それから、柔肉を割ってズブリと剛棒を挿し込んだ。

「おお、奥さん、凄い……最高のオ××コですよ」

燃えているように熱い肉襞の締まりを確かめ、腰を動かした。

「はあああっ……」

苦痛を伴った友香の声は、神林にはいつもよりなまめかしく感じられた。

そのとき、不意にふたりの男が突入してきた。素っ裸で抽送していた鹿島と神林は、一瞬すくんだ。それから、自分に向かって襲いかかってくる男を避けようと、女達から腰を引いて離れた。だが、たったそれだけの時間しかなかった。

「うわあ！」

「ぐわっ！」

吾朗《ごろう》と奈良谷《ならや》の手にしたスタンガンで、ふたりは蛙がひしゃげたような声をあげ、あっけなく吹っ飛んだ。その腕をつかみ、よろけている相手の鳩尾《みぞおち》を、またほとんど同時に吾朗と奈良谷が蹴り上げた。

簡単に勝負がついた。鹿島は奈良谷によって、神林は吾朗によって床にひっくり返っていた。

「た、助けてくれ……」

頑丈なドアの鍵を、どうやってこじ開けられたのか。鹿島達にはそんなことを考える余裕もなかった。数十秒前までの面影もなく、全裸のふたりの肉茎はすっかり縮こまっていた。

吾朗は神林の股間を踏みつけ、じわじわと体重をかけていった。奈良谷も吾朗を真似て鹿島の股間に足を乗せた。

「や、やめてくれ……」

「金か……車でも何でもやるぞ」

「いくら欲しい」

鹿島達は、玄関に止まっている高級車を見た男達が、金目当てに侵入したと思っていた。

「あう……男ならわかるだろう？　いい女と楽しんでたんだ……ぐっ……やめてくれ……俺達はまた続きを楽しむ。おまえ達はたっぷり金を持って出ていく。な、それでいいだろう？」

鹿島の言葉に、奈良谷のパンチが頬に飛んだ。

「ぐっ！」

鹿島の唇の端からわずかに血が流れた。

「俺達は金には用がねェ。おまえのような男は、庭に穴を掘って埋めてやる。楽しみにしときな」

図体の大きい奈良谷にすごまれ、鹿島はおぞけだった。

「おまえは八つ裂きにしてやるからな」

吾朗は神林に往復びんたを喰わせて睨みつけた。

「あう……助けて！　首輪を取って！　早く！　お願い！」

友香の悲鳴に、吾朗と奈良谷は憎むべき男から友香の方へ視線を移した。

上品で慎み深い友香が、汗まみれの必死の形相で救いを求めている。股間に黒い肉棒がそそり立っている。白い足袋、赤い首輪と鎖。あまりに異様な姿に、ふたりは言葉をなくした。

突入してすぐに目に入ったのは、友香と美緒が男達にバックから突かれている姿だった。ふたりが蹂躙されている光景に、血が逆流した。あとは男達しか目に入らなかった。友香が破廉恥なものをつけていることには気づかなかった。

奈良谷は吾朗を迎えにいく前までの盗聴で、友香が異様なものを腰につけさせられた状況は把握していた。だが、想像することしかできなかった。それが、目の前にペニスのついたショーツを穿いている友香を実際に見てしまうと、さすがの奈良谷も、見てはならないものを見てしまったのだと動揺した。屈辱の姿を見られたことで、友香の繊細な心はズタズタになっているはずだ。

「お願い！　早く！　おトイレに行かせて！　梁の上に鍵が！　ああっ！　早くっ！」

尋常でない叫びだ。友香の近くに太い浣腸器が転がっているのに気づいた吾朗は、ようやく友香の立場を理解した。

「殺してやるっ！」

神林の股間を力いっぱい踏みつけた吾朗は、椅子を引き寄せ、梁の上から鍵を取ると、汗まみれの友香の首から首輪をはずした。

排泄の限界をこらえていた友香は、どんなことがあっても吾朗や奈良谷の前で粗相するわけにはいかないと、菊口を堅くすぼめながらヨタヨタとトイレに向かった。

吾朗は最愛の義母の惨めな姿に歯ぎしりした。

「いやいやいやっ！」

愛する吾朗と顔見知りの奈良谷が現れたことで、美緒はパニックに陥っていた。総身が震え、言葉さえなくしていた。だが、ようやく喉から甲高《かんだか》い声がほとばしり出た。

「いやあ！　いやあ！　いやあ！」
緊張のあまりヒステリーを起こした美緒の頭を、吾朗が掻き抱いた。美緒は首輪をしたま
ま吾朗の胸のなかで激しく喘いだ。
「そいつらが逃げないようにしてくれ」
奈良谷はスタンガンでふたりを脅しながら、そこにあった手錠を掛けた。それから、友香
に使われていた首輪を鹿島につけ、南京錠を掛けて柱に繋いだ。
美緒の首輪をはずした吾朗は、それを奈良谷に投げた。それは神林の首につけられ、別の
柱に繋ぎとめた。
うしろ手に手錠をかけられ、首輪まで されて繋がれた素っ裸の鹿島と神林は、権力者から
奴隷へとおちぶれていた。
「おまえ達、誰かに見つけてもらえなければミイラだ。いや、このじめついた気候じゃ、十
日もすればドロドロの腐乱死体だな」
吾朗はペッと唾を吐き捨て、美緒のいましめを解いてやった。そして、服を着ろと命じた。
それから、長襦袢とススキを織り出した薄ねず色の夏大島、白っぽい染め帯、帯揚げや帯締
めを拾った。
手錠から手を抜こうともがく神林は、広い額にびっしょりと汗を浮かべていた。鹿島も肩

をくねらせ、うしろ手に掛けられている手錠をはずそうとしていた。

「手錠がたとえはずれても、首輪と鎖の鍵がなければ柱から離れられまい。南京錠の鍵は持っていく」

「このまま置いていく気か」

「待て！」

男達の腋や首筋からも、滝のような汗がしたたり落ちた。

2

美緒を奈良谷に頼んだ吾朗は、自分の車に友香を乗せた。母娘でいっしょに辱められていただけに、いま同じシートに座るのははばかられるだろう。それに、吾朗は友香に詰問したいことがあった。

鹿島達の車のキーは、二本とも吾朗がポケットに入れた。

上信越自動車道を猛スピードで西に飛ばす吾朗のあとを、奈良谷の車が追った。

「いつからだ！　いつから汚らわしいあんな奴らの自由になってたんだ！　俺やオヤジを裏切ったな！　よくも美緒まであんな奴らの自由にさせたな」

吾朗のかつてない口調に、助手席の友香はただうつむいていた。

神林にうしろから突かれているところを見られ、腰に恥ずかしいものをつけているのも見られ、浣腸による排泄の危機に見境なく叫び、不格好な姿でトイレに駆け込むところも見られてしまった。二度と屋敷に戻ることはできない。それどころか、あまりの屈辱に、こうして生きているだけで苦痛だ。美緒といっしょに辱められるのが辛いと思っていたが、あのままふたりの男達に辱められ、そのまま三日間が過ぎた方が、今より打撃は少なかったのかもしれない。それほど吾朗と奈良谷の出現は衝撃だった。

「美緒が連れてこられるなんて知らなかったの……美緒まであの男の自由になっていたなんて……お父様は何も知らないわ。どうか美緒のことは言わないで……私は二度と家には戻りません……でも、美緒だけは置いてあげて……あの子は私のせいでこんなことに……」

「どうしてこんなことになったか説明しろ！」

もう隠す必要はなくなったのだと、友香は鹿島との過去や、直樹と知り合ったいきさつ、鹿島を忘れていたときに再会し、ホテルに連れて行かれたこと。それを、興信所に勤めているという神林に脅され、やがて深みにはまっていったことなどを、狂おしい気持ちで話していった。

「私が愚かだったわ……最初のひとつを隠したために、こんなことになってしまったの。何もかもふたりの企《たくら》みだったなんて……美緒まで……美緒まであの男に辱められていたなんて……」

「まずいのは写真だけか。ビデオなんか撮られなかったのか？　そいつを奪わないとやばいぞ」

蓼科《たてしな》にある藤野家の別荘に向かっていた吾朗は、佐久インターを下りたところで車を止めた。

「奈良谷にまずいものはひとつ残らず取り返してもらう。それまであいつらはあそこに繋いでおけばいいんだ」

「だめっ！　だめ！」

ラブホテルの入口で撮られたツーショットならまだしも、菊口に恥ずかしいものを入れられた写真や、鹿島に激しく抱かれている若い日のビデオなど、ほかの誰にも見せるわけにはいかない。友香は子供のように吾朗に取りすがった。

「見られたくないの。ね、だめっ！　黙っててちょうだい！　後生だから」

「あいつらが黙ってそれを処分すると思うのか！　脅迫されるような材料は徹底的に処分して、逆にあいつらを脅迫できる材料を手にしておくことだ。二度ともてあそばれないためにはそれしかないんだ！」

吾朗が車を降りると、奈良谷も降りてきた。

「どうした」

「脅しの材料に使われていた写真やビデオがあるらしい……見られたくないと取り乱してる。よほど破廉恥なやつだろう……美緒も何かまずいものを握られてるみたいか？」

「いや、それはないようだ。俺にまかしておけ。明日中には取り戻す。あいつら、命が惜しいだろうからな。取り戻すまで素っ裸で繋いだままにしておく。置き場所を吐かせたら、俺が事務所か自宅に忍び込んで取ってくることになる。その間、あいつらはあのままだ。あの惨めな格好を写真に撮っておいてやる。人前に晒されたくないはずだ。こっちが脅せるだけのものも集めてやる」

「俺も行く」

「もう奴らは手も足も出ない。俺ひとりでいい。もうしばらく、妹は俺の車に乗せておくからな。邪魔なんだろ？」

これから吾朗が友香とどんな時間を過ごすか、奈良谷はうすうす察していた。

「だけどな、あとで妹も抱いてやれ。おまえのことがずっと好きだったと、泣いて告白したぞ。ほかの男にバージンを奪われて、おまえにもあんなところを見られ、もう生きていけないと言ってる。妹を生かすも殺すもおまえしだいというわけだ」

「そんな……バカな……妹を抱けるか」

美緒の気持ちを知った吾朗は戸惑いを隠せなかった。

「妹がどうした。おまえはこれからオフクロを抱くんだ。たとえ血の繋がりがなくても、オヤジのれっきとした女房をな」

奈良谷はそう言い残して車に戻った。

吾朗は動き出した車を立ったまま見送った。

3

手入れの行き届いた藤野家の贅沢な別荘には埃《ほこり》ひとつない。

継母として十三年間、友香はいつも身ぎれいにしていた。それが、今はアップにしていた髪もすっかり乱れている。急いで着たにもかかわらず、着物はきれいに着つけられているだけに、髪の乱れがいっそう目立つ。

罪を犯して囚われ、刑を言い渡される直前の女のように、自分を恥じ、顔さえ上げられないようだ。萎縮している友香の小柄な躰は、さらに小さく見えた。

自分の別荘に着いたことで、友香は今にもその場に倒れてしまいそうだった。これから吾朗になじられるだろう。直樹にも通報され、幸せだった家庭は崩壊する。母も娘も淫らな女と烙印を押されて……。

「もういちどシャワーを浴びろ」

吾朗がこれまでの継母に対する言葉とちがう語調で命じた。

鹿島の別荘でトイレから出た友香は、すぐに浴室に飛び込んだ。シャワーを浴びたあと、浴室から出られなくなった。浴室にこもってしまった友香を力ずくで引っ張り出した吾朗は、早く着物を着ろと、つっけんどんに言った。

シャワーを浴びたことがわかっていながら、また浴室に行けと命じるのは、躰だけでなく、心まで汚れていると吾朗が嫌悪しているせいだと友香は思った。

このままベッドに入って眠りたいのをこらえ、友香はよろけるようにして浴室に向かった。着物を脱いで浴室に入り、シャワーを浴びていると、不意に裸の吾朗が入ってきた。

友香はシャワーのノズルを持ったまま硬直した。

吾朗の腕や胸の肉は隆々とたくましく、はじめて見る下腹部の肉根は、黒い茂みから雄々しく立ち上がっている。直樹のものよりたくましかった。

友香からノズルを奪った吾朗は、友香から目を離さずに、自分の躰にシャワーをかけた。小麦色の健康的な肌が、お湯をはじいてキラキラと光った。

「義母さん、俺のムスコもしゃぶってくれよ。イヤとは言わせないからな」

笑いを浮かべたつもりが、吾朗の右頬は引き攣った。

さっきはじっくりと友香の躰など見る余裕はなかった。こうして間近に友香を見ると、やさしい肩の線も、ふくよかなふたつの乳房も、くびれた腰も、女そのものといった骨盤の発達した臀部も、逆二等辺三角形に生えているほどよい濃さの翳りも、何もかもが眩しいほどに完璧で美しい。

聖なる女として接してきた継母を、獣達が汚れた手で凌辱していたと思うと、ふたたび男達への憎しみが噴き出した。そして、それを黙っていた友香へのもどかしさと苛立ちもこみ上げてきた。

「しゃぶれよ。あの男達にしてきたように舐めまわせよ」

不倫を糾弾されると思っていた友香は、吾朗が予想外の行為を命じることで、言葉以上に責めたてているのだと思った。

(淫売！　おまえは母親なんかじゃない！　何でもできるはずだ！　あんな男達といかがわしいことをしていたんなら、俺のものでもしゃぶれるはずだ！)

そんな声が聞こえてくるようだった。

どうせ名誉など挽回できるはずはない。堕ちるだけ堕ちた女なら、罪を問うている息子の怒りの声に耳を傾けるしかない。気の済むようにしてくださいと、素直に従うしかない。

友香は吾朗の前にひざまずいた。

藤野家に後妻として入ったとき、吾朗はまだ小学生だった。その吾朗が社会人となり、結婚してもおかしくない歳になっている。目の前の、直樹より雄々しい剛棒を目にすると、自分と九歳しか歳が離れていなかったとはいえ、息子は息子だと、いつまでも子供と思ってきた自分の愚かしさを思い知らされた。

「さっさとしろ。手を抜くなよ」

吾朗がグイと腰を突き出した。

友香はこわごわ肉茎に手を伸ばし、堅いものを両手で包んだ。エラの張った亀頭に喉を鳴らしながら、紅の取れた唇を開き、口に含んだ。

やわやわとした女の唇のあわいに沈んだ肉棒を見おろしながら、吾朗はそれだけで、これまでにない底知れぬ快感を味わった。最悪の事態になったあととはいえ、十三年も慕ってきた友香にフェラチオさせることができたのだ。

友香の頭がゆっくりと動き出した。側面を花びらのような唇で適度にしごきながら、生あたたかい妖しい舌は肉棒にからむように動いていく。舌が吸盤になって全体を吸い上げる。

やがて根元に置かれていた手は玉袋に移り、あたたかい掌と指で揉みしだきはじめた。そうしながら、友香の舌はますますねっとりと側面や亀頭や裏筋を責めたてた。

長い睫毛がふるふると揺れ、唇もそよぐように小刻みに震えている。

「ああ……いい……凄い……あう」

躰を支える吾朗の脚もブルブルと震えだした。

友香はいっそう熱心に奉仕した。許されない罪を償うために、唇を、舌を、指を……懸命に動かして愛撫した。

吾朗は辛抱できなくなった。じきに爆発しそうだ。

「うっ！」

友香の喉に、勢いよく白濁液がほとばしっていった。友香の肩に置かれていた吾朗の手が皮膚に食い込んだ。その指から、友香には吾朗の法悦の大きさがわかった。

「飲め！」

激しい鼓動を鳴らしながら、吾朗は腰を突き出した。

射精の瞬間息を止めた友香は、コクッと喉を鳴らし、多量の樹液を飲み込んだ。そして、熱い息を鼻から噴きこぼして胸を波打たせた。

友香を離した吾朗は、自分と友香に勢いよくシャワーをかけた。

浴室を出た吾朗は、放心している友香を寝室に引っ張り込んだ。ベッドに乱暴に押し倒した。白い総身が弾んだ。

「いつうしろを覚えた？　うしろでペニスを咥えてよがるんだろう？」

丸テーブルに並んだ破廉恥なプレイの道具が、鮮明に吾朗の脳裏に浮かんできた。別荘に押し入る直前に友香が何をされていたか、転がっていた太いガラス筒でわかった。あぶら汗をかいてトイレに飛び込んだ友香。いまさら何をしていたかなど、尋ねてみるまでもない。

「一度も……一度もそんなこと……」

「アナルコイタスのために浣腸されたんだろう。わかってるんだぞ」

「言わないでっ！　いやっ！」

狂わんばかりに身悶えした友香は、うつぶせになって顔を隠した。それを吾朗はむりやり仰向けにして押さえ込んだ。見られることを恥じて、友香は顔をそむけた。

「あいつにこれまでどんなことをされたんだ。言えよ、義母さん。いまさら隠すことはないだろう？　グロテスクなペニスをつけた破廉恥な格好で、首輪までつけて犬のように繋がれてたんだったな。そんなことをしょっちゅうされてたんだろう？　それを、オヤジや俺の前でなに喰わぬ顔をして過ごしてたんだ。たいした女だよ」

手首をがっしりとつかんで押さえ込んだ吾朗の語調は強かった。

「言うまで何日でもこのままだからな！」

吾朗の怒りに友香の肌が粟立った。

このうえ恥を晒すのは辛すぎる。それでも、自分が悪いのだと、友香は血の噴き出すような心の痛みを感じながら、神林によってどんなふうに辱められたかを、かすれた声で語った。

「……指と……パールのネックレスのようなものは入れられたことがあるわ……でも、それだけ……別荘にいる間にうしろを犯すと言われて、お浣腸もされてしまったけど……はじめてだったの」

羞恥に汗でねっとりとなった友香は、顔を覆って総身でイヤイヤをした。男を知らないウブな女のようで、吾朗はまた肉棒を反り返らせた。

「うしろのバージンは俺がもらう」

身悶えしていた友香の動きがピタリと止まった。

「そんな……無理です……許して。それだけは許して」

顔を覆っていた手を離した友香は、この世でもっともか弱い女です、というような怯えた目をしている。こんな友香を見れば、どんな男でも獣になるだろう。こんな顔をあの男達に見せたため、友香は凌辱されたのだ。

吾朗は友香が愛しいだけに憎かった。美しすぎる継母は辱めなければならない。存分に辱めることでしか、吾朗の欲求は満たされない。こんな顔を見てしまったからには、なおさら友香から離れることはできない。

「四つん這いになって尻を上げろ」

「許して……それだけは許して……無理だわ……吾朗さん」

餅のようにスベスベした椀型の乳房が激しく波打った。

「無理にでも入れてやる。義母さんは断れないんだ。俺がどんなことをしたって、耐えるしかないんだ。俺もオヤジを裏切ることにした。俺はずっと義母さんが好きだった。汚らわしい男達に汚されるとわかっていたら、もっと早く抱いていたんだ。わかったら尻を上げろ」

乱暴にひっくり返して、うしろから腰を抱え上げた。友香は腰を振って尻を落とそうとした。吾朗は力いっぱい尻たぼを叩きのめした。

「ヒッ！」

叫び声をあげた友香に、数発スパンキングを与えた。ひりつく痛みに友香は助けを求めた。

打擲がやんだとき、友香はよろよろと腕を立て、尻を高くかかげていった。

吾朗はくっついている膝を押し開けた。真っ赤な手形のついた尻肉が痛々しい。だが、菊蕾の下の花園は銀色に光っていた。指で触れるとぬめついている。それはまちがいなく蜜液だった。友香の躰は辱められることで悦びを覚えているのだ。

男達に辱められることでそうなったのか、直樹と知り合ってからそうなったのか、ずっと昔からだったのか、吾朗にはわからない。だが、目の前の友香が被虐の女であるのは確かだ。吾朗の躰の奥から、これまでより熱い嗜虐の血が湧き出した。

「恥ずかしい女ですと言えよ。うしろを犯してくれと言えよ。義母さんは誰より淫らな女なんだ。そうだろう？」

また尻たぼを叩きのめした。

「あうっ！　そうよ……私は恥ずかしい女よ……あなたにもお父様にも顔向けできない淫らな女なの……うしろを犯されても文句の言えない女なの」

震えながら言っている友香の秘芯から、新たな蜜がじわじわと溢れていくのが吾朗の目にはっきりと映った。

吾朗は反り返って疼いている肉棒の先で、秘園の蜜をすくった。それを、堅い菊蕾に塗り込めた。何度か繰り返し、菊口がねっとりと潤ったとき、ゆっくりと肉柱をねじ入れていった。

「くうっ……許して……んんんんっ」

菊口が裂けるほど押し広げられていく。友香は大きく口を開けて喘いだ。

「力を抜け！　どうだ、うしろのバージンを奪われる気持ちは」

吾朗は、友香の菊花を散らすはじめての男になったことに恍惚とした。たとえ菊花であれ、はじめての男になれたことは悦びだ。

深く肉根を沈めた吾朗は、指で女芯に触れてみた。小水を洩らしたように濡れている。

「一生義母さんを辱めてやる。あの男達以上に辱めてやる。義母さんは辱められるために生まれてきたんだ。そうだろう？」

はじめてのアナルコイタスと自分の言葉に昂ぶりながら、吾朗は花びらや肉芽を指でいじりまわした。

「はあああ……こ、恐い……吾朗さん……恐い……」

もうじき訪れそうな法悦の予感……。恐怖と隣あった快感に、自分がなくなってしまいそうだ。

菊壺をゆっくりとこねられ、指で花園を揉みしだかれていると、子宮の奥の塊が大きくなり熱くなってくる。限界になった塊はもうすぐはぜ、恐ろしいほどの愉悦をまき散らすだろう。

「吾朗さん……あああ……イク……イクわ……ああっ！」

硬直した白い背中が弓なりになり、大きく頭がのけぞった。菊口が肉根を喰いちぎらんばかりにキリキリと収縮した。

「おおっ！」

ただでさえ締まっていた菊花の猛烈な痙攣に、吾朗も精液を吐き出した。その瞬間、空に投げ出されたような、かつてない激しく甘美な浮遊感を味わった。

痙攣を繰り返した友香が、やがて力つきて倒れ込んだ。

肉根を抜いた吾朗は、初体験で赤くなっている友香の菊花を舐め上げた。尻がヒクリと緊張した。だが、舐めまわしていると、友香は甘い声をあげはじめた。これまで抱いたどんな女より甘く切ない魅惑的な喘ぎだ。

（オヤジと俺だけの女だ……義母さんも、美緒も、もう誰にも渡さない）

新たな力がふつふつと漲《みなぎ》ってきた。

この作品は一九九六年七月蒼竜社から刊行された『母娘・被虐花』を改題したものです。

令《れい》夫《ふ》人《じん》

藍《あい》川《かわ》京《きょう》

平成13年12月25日　初版発行
平成18年12月15日　8版発行
発行者――見城徹
発行所――株式会社幻冬舎
〒151-0051東京都渋谷区千駄ヶ谷4-9-7
電話　03(5411)6222(営業)
03(5411)6211(編集)
振替00120-8-767643
印刷・製本―株式会社　光邦
装丁者――高橋雅之

幻冬舎アウトロー文庫

ISBN4-344-40186-7　C0193　O-39-5